BLOODY DOLL

KITAKATA KENZO

いつか海に消え行く

北方謙三

いつか海に消え行く

BLOODY DOLL

KITAKATA KENZO

目次

1　食事

弱ってきた。

それがはっきりとわかる。三時間、一本のラインで引き合っていたのだ。ラインというより、細いロープと言った方がいいかもしれない。おまけに先端の方は、ワイヤーになっていた。食いちぎられることも考えられるからだ。

本マグロであることは、わかっていた。カジキなら、水面を走る。こいつは、餌《えさ》に食らいつくと、すぐに真下に潜っていったのだ。それきり、上へあがってこようとはしなかった。

舟の浮力が、竿《さお》の弾力代りになっていた。もしかすると、ドラッグの役目までしているかもしれない。さっきから、舟の上下の揺れが緩やかになっていた。

カジキが食らいついた時は、完全にフックさせたあとエンジンをニュートラルにして、引っ張らせる。はじめのうちは、四、五ノットの速さで引く。時々エンジンを前進《アヘッド》に入れて、ほんとうは力があるのだと教えてやる。それでカジキはさらに必死になり、力を使い果すのだ。

私は、ゆっくりとラインを手繰りはじめた。水面まで引きあげ、空気を吸わせれば、魚はさらに力を失う。そこまでが勝負と言ってよかった。手繰る時は、革の手袋をしている。そして、決してラインを手に巻きつけない。魚が異常な力を出すと、指を引きちぎられてしまうからだ。魚が全力を出した時は、ラインを少しずつ繰り出してやる。相手も生き物だった。いつでも全力を出してばかりはいられない。

十メートルほどあげたところで、魚が力を出した。私は、舟尾のキャプスタン代りのポールにラインを巻きつけて抵抗力を作り、少しずつラインを繰り出した。時には木のポールから摩擦で煙があがるほど魚は力を出すが、それほど強くはなかった。

せいぜい百数十キロだろう、と私は見当をつけた。それでも本マグロだったら金になる。同じ重さのカジキの、五倍にはなるのだ。本マグロをひっかける技術などなく、ただの運だった。

この三年で、私は本マグロを四本ほどあげた。カジキは、その十倍はあげている。

力が弱くなったので、私はまたラインを手繰った。二十メートルほど手繰ったところで、魚と綱引きをやる。ポールにラインを固定してしまうと、切られる場合もあるのだ。手で魚の力を測るのが、一番確実だった。

魚が、音《ね》をあげた。

それを感じた時、私は素速くラインを手繰っていた。およそ三十メートル。残りは、三十メートルぐらいだろう。エンジンを、前進《アヘッド》に入れた。それでゆっくり走る。これも、魚とのやり取りだった。走りっ放しでは、魚は必死になって異常な力を出す。私が心配なのは、魚が鮫《さめ》ではないかということだけだった。海は静かで、やり取りは私のペースだった。ただ、あがってきた魚が鮫だったら、ほとんど金にはならない。

これまでに鮫を十本以上ひっかけたが、魚種を確認した時点で、ラインを切った。大きな釣鉤《フック》をひっかけた鮫は、四、五日は苦しむだろう。その釣鉤も、一週間ほどで錆《さ》びてぽろりと落ちるという。釣鉤をひっかけたままの魚は、やがて死んでいくしかないのだ。

エンジンをニュートラルにし、さらに十メートル手繰った。明らかに、魚は、気力を失っていた。私はラインをポールにひっかけ、銛《もり》を三本用意した。それが舟に積んである銛のすべてで、一本には返しがない。

あと二十メートルぐらいだろう。私は、全力でラインを手繰った。水面に出てきたのは、本マグロだった。舟に引き寄せ、返しの付いた銛を二本続けて打ちこんだ。エンジンを前進に入れる。それで、五分ほど海面を引き回した。マグロは弱り、潜る力もなくなったように見えた。出血がひどいのだ。私はさらに、返しのない銛を、両側の鰓《えら》に打ちこんだ。マグロは、ちょっとだけその躰《からだ》を跳ねさせただけだった。

尻尾《しっぽ》にしっかりロープをかけ、舟のスピードをあげた。血の色が引き波の中で揺れ、薄くなり、やがて消えた。こうやって、完全に血抜きをしておかなければ、市場では買《か》い叩《たた》かれる。百二、三十キロといった程度だろう。一キロ七千円としても、かなりの金になった。この海域で、本マグロがあがるのはせいぜい一年に二、三十本だった。

空を見あげる。まだ陽《ひ》は高い。暗いうちに出てきて、この海域で陽の出を迎えたのだ。温《ぬる》くなっているスポーツドリンクを、のどに流しこんだ。海流に逆らってしばらく走り、それから苦労して魚体を舟に引きあげた。これ以上のものになると、曳《ひ》いていくしかない。大物は、軽く四百キロを超えることがあるのだ。

阿加島《あかじま》に背をむける恰好《かっこう》で、舳先《へさき》を瀬名島《せなじま》にむけた。離島の多い海域だが、中心は瀬名島で、冷凍の設備もあれば空路もある。獲《と》った魚のほとんどは、瀬名島の市場へ運ぶのだ。

島が近づくと、水路が入り組んでくる。暗礁が島を取り巻いていて、場所によっては何キロものびていた。瀬名島などは入港のためのポールが十数本打ってあり、それを辿《たど》れば安全に入港できるが、阿加島にはなにもなかった。眼《め》をつぶっていても水路を通れるという、海で生きる者の誇りがそうさせているのか、よそ者を気軽に近づけたくないという思いなのか、よくわからなかった。私は、三年の間になんとなく阿加島にも受け入れられたようだ。

市場の岸壁に舟をつけると、尾高《おだか》が待っていた。私と取引のある仲買人である。

「本マグロか。二、三か月分を、一遍で稼いだじゃねえか」

尾高は、若い者にフォークリフトを岸壁まで運転してこさせ、マグロを吊《つ》りあげた。舟から、不意に重さが消えた。

「血は、きれいに抜いてある」

「わかってるよ。おまえがそんなドジをやるわけねえさ」

本マグロは貴重で、仲買人も欲しがる。売手市場というやつだが、値段の上限は仲買人の間で取り決めがあるらしい。きちんと血を抜いていれば、買い叩かれることもないが、法外な値で売りつけるということもできない。

「九十万だな」

魚体の具合を調べていた尾高が、しゃがみこんだまま言った。順当なところだった。瀬名島の若い漁師が近づいてきて、軽く舌打ちした。自分たちの獲物を、よそ者に持っていかれたという意味なのか。

漁協の談話室で待たされた。私は、自販機で缶ビールを買ってきてのどに流しこんだ。マグロは氷詰めにされ、本土へ運ばれる。それは私の仕事ではなく、尾高がやることだった。漁協とどういう関係になっているのか知らないが、尾高もまたよそ者だった。尾高の場合、札束を懐に入れて、それで大きな顔をしているタイプだ。

三十分ほどで尾高は戻ってきて、テーブルに金を置いた。札が九十枚あることを確かめ、私は領収証にサインした。

私は岸壁に戻った。もう、マグロはなかった。エンジンをかけ、舫《もや》いを解いた。

瀬名港を出て三十分ほど走ると、小さな入江がある。漁船《サバニ》なら、そこのリーフの水路を通り抜けることができた。水深は二メートルというところで、それは小さな桟橋まで変らなかった。ホテル『夕凪《ゆうなぎ》』のプライベートビーチと桟橋である。

桟橋には、『ブラック・スワン』という三十二フィートのクルーザーが繋留《けいりゅう》されていた。船長はホテルの従業員で、山岡《やまおか》という男だった。大抵は、客のサンセットクルーズなどに使われているが、たまにはトローリングの註文《ちゅうもん》が入り、その時は私が呼ばれるのだった。

桟橋は砂浜に続いていて、そこから木立を回るとホテルの通用口になる。

通用口のところの内線電話から、私は社長室に電話を入れた。

「木野《きの》です」

「漁の帰りで、汚れていますので」

社長室へという言葉に答えて、私は言った。

通用口で待った。客室がどれぐらいあるのかわからない。島では中規模のホテルだが、結構客は入っているようだ。レストランがいいという話は聞いたが、私は入ったことがなかった。

「別に、気になさらなくてもいいのに」

社長が、通用口に出てきて言った。きれいな女だった。もう中年だろうが、年齢ははっきりわからない。

「また、トローリングですか?」

帽子を取り、頭を下げて私は言った。日当の交渉をして、女社長は三万と言い、私は一万辞退した。私が大物釣りをよくすると見抜いて、仕事を依頼したのだろう。三万貰《もら》えば、客に必ず釣らせなければならないという気分になる。釣りだから、駄目な日も必ずあった。まして、トローリングである。来れば大物が多いが、一日流しても竿先がぴくりとも動かない日もある。

「トローリングなんだけども、ちょっと変った註文なの。聞いてくださるかしら」

「どういうことなんです？」

「うちの『ブラック・スワン』じゃなく、本土から船を持って来られるらしいの。もう、だいぶ近くまで来ているはずだわ」

「ヨットですか？」

ヨットならば、この南の海域へも時々やってくる。風さえあればいいからだ。パワーボートなら、燃料の面倒がある。

「パワーボートですって。三十七フィートで『バートラム』という名前だそうよ」

それは船名ではなかった。バートラム37は、パワーボート乗りなら、一度は乗ってみたいと思う船だ。

「その船で、トローリングをやるってことですか？」

「これは、うちの仕事というわけじゃなく、話を仲介しているだけなの。道具なんかも全部むこうのもので、船長だけを紹介してくれと言われてる」

「そういうことですか」

「受けていただけると、あたしも顔が立つんだけど」

「会ってからってことにしていただけますか。難しい人の場合、困りますから」

「そうね。日当の交渉など、うちでやってもいいわ」

「それも、俺がやります。受けると決めてからの話で、最初にいくらなどと言われたら、お断りしたいです」

「木野さんは、そうなのよね。札束で頰《ほお》を叩かれたりするのが、大嫌い。うちの船長にどうかと考えたこともあるのよ。山岡じゃ、ちょっと心細いし。でも、断るだろうと思って諦《あきら》めたわ」

「漁師ですから。魚を獲るのが仕事です」

「失礼だけど、そうは見えないのよね。うまく言えないけど、なにか違うって気がする。サバニよりクルーザーの方が似合うし、大物を釣るのは確かにうまいけど、本職って感じがどうしてもしないの」

私はただ、頭を下げた。この女社長は充分に魅力的だが、その魅力の裏に鋭さを隠している。

客らしい若い男女が、通用口の方をちょっと覗《のぞ》きこみ、立ち去っていった。ホテルの中の探索でもしているというところか。

「その船は、いつ入るんですか？」

　バートラム37の吃水《きっすい》なら、ここの水路を通過できる、と私は考えながら言った。ホテルの桟橋に、そのまま繋留できるだろう。考えてみれば、贅沢《ぜいたく》な話だ。

「多分、明日ね。チェックインの予定はそうなっているし、変更の電話もいただいていないから」

「明日、また来てみます」

「そう。今日はおめでとう。本マグロをあげたんですってね。高校生の息子が、市場でアルバイトをしているの。商品の流通を自分の眼で見たいってね。俊一《しゅんいち》と言うんだけど、よくあなたの話をするわ」

「俺の、ですか？」

「カジキ釣りでは、一、二の腕だって。確率から言ったら、抜群だそうね。この島一番の漁師さんは、十日出て一本。あなたは三日で一本という話をしていたわ」

「運ですよ、あんなもん」

「幸運が三年続くほど、人生は甘くないでしょう」

　女社長が笑った。高校生の息子がいるのなら四十を過ぎているだろうが、やはり魅力的な女だった。

私は頭を下げ、桟橋の方へ降りていった。ビーチでは、五、六組の男女が遊んでいるが、潮が引いているので泳いではいなかった。

舟をリーフの外に出すと、私は阿加島に舳先をむけた。昼めしは、結局抜きになった。いくらか、風が出はじめていた。阿加島までは、全開にして一時間ほどだ。島のリーフを避けなければならないので、直線では走れないのだ。

阿加島に舟をつけると、私は一時間ほどかけて漁具の手入れをし、岬の鼻にある小屋に歩いて戻った。

私はよそ者で、どの島の漁協にも加わらず、したがって漁業権も持っていない。サバニの持主が、私を使っているという恰好だった。岬の鼻のブロック造りの小屋も、その持主のものだった。舟と家をまとめて借りて、私は月に十五万その持主に払っている。

小屋には、必要なものは揃《そろ》っていた。地下水が出るので、水にもあまり不自由はしない島だ。北の半分は、牧場になっていて牛が飼われている。私の小屋も入れて五十二戸、人口二百人足らずの島だ。

裸になり、温水のシャワーを使った。太陽熱とプロパンの併用なので、戻ってきた時の風呂の分ぐらいの湯は充分にある。プロパンを使うのは、雨が続いた時ぐらいだった。

Tシャツとジーンズに着替えた。

冷蔵庫から、鶏を一羽と野菜を出す。食料は、十日に一度ぐらい、瀬名島へ行って買いこんでくる。鶏など、牧場で遊んでいるものを買ってきた。卵も牛乳も買える。魚はいくらでも釣れた。だから瀬名島で買ってくるのは、もっと細々としたものだ。調味料も、台所の棚にはかなり揃っている。

鶏の腹を裂き、内臓を出したあとに、ニンニクや玉ネギや香草を詰める。それをホイルに包み、オーブンに入れる。内臓は、うまいところだけを選んで洗い、小さく切って串《くし》に刺す。これは、明日の食料だ。最後の内臓も、捨てはしない。籠《かご》に入れて海に沈めておくと、蟹《かに》が獲れるのだった。

三十分ほどして、オーブンから一度鶏を出す。赤ワインを加えるのだ。一緒に、数種類の香料も入れる。鶏の肉は半焼けで、ワインなどを最も吸いこみやすい状態だと私は信じていた。ワインは、安物で充分だ。暑いところなので、高級品などかえって腰が抜けてしまう。

バターをフライパンに落とす。チリを少し、ブランデーをたっぷり。単純なソースだったが、これが悪くないのだ。充分にバターとブランデーが混じり合うと、シークワサという島でとれる柑橘《かんきつ》を入れる。それは小さなレモンのようでもあり、蜜柑《みかん》のようでもあった。オーブンから出した鶏を皿に載せ、ソースをかける。

これで、できあがりだった。あとは、赤ワインとフランスパン。パンは瀬名島から買ってくるが、硬くなったものも、ちょっとだけ熱を加えれば悪くなかった。食後のチーズも、冷蔵庫に詰まっている。

陽が落ちるまで、あと三十分というところだろうか。ひとりきりだが、私はこの時間が好きだった。西にむかった窓を開けると、夕陽が見える。食事をしながら、私は夕陽で明日の天気を判断する。夕焼けが血のように赤い日は、翌日風が吹く。

明日は、それほどの風は吹かない。

鶏にナイフを入れ、口に運ぶ、思った通りの味が出ていた。鶏も、殺《し》める時によく血を抜いた。どんな動物でも魚でも、この血抜きが大事なのだ。

「うまいな」

ワインをひと口飲んで、私は呟《つぶや》いた。

週に一度ぐらい、鶏を一羽買う。牛や豚や山羊《やぎ》の肉は、牧場に頼めばたやすく手に入る。豚と山羊は別として、牛は肩のあたりの肉を数キロまとめて買い、晒《さらし》で包んで冷蔵庫で保管し、徐々に熟れさせながら食っていく。最後のひと切れは腐る寸前だが、ワインに漬けこんで焼くとうまいのだ。

鶏の骨を、口から出した。ほとんど地鶏《じどり》に近いので、骨もしっかりしていた。外に干し、細かく砕くと肥料になるようだが、私には畠《はたけ》はなかった。

明日の朝は、チリがたっぷり入ったタレをつけて、内臓を焼く。朝食だけは、米の飯だった。

ソースの具合がよかった。外は、いつの間にか暗くなっている。パンを千切って皿を拭《ぬぐ》い、私は食事を終りにした。

小屋には、小さなテラスが付いている。陽が落ちると、そこは涼しくて気持がよかった。そこで、チーズを食いながら、赤ワインの残りを飲む。それでも足りなければ、コニャックを一杯か二杯だ。漁に出た日は、それで眠くなってくる。

漁に出ない日は、私はほとんど本を読んで過していた。

2　赤い悪魔

瀬名島の北へ回り、進入していく。

ホテル『夕凪』の栈橋には、バートラム37が繋留してあった。フライブリッジにはハードトップがついていて、ビニールのエンクロージャーが覆っている。さすがに本土の船で、冬場にはこれが寒風を防いでくれるのだ。その上に、フルツナタワーだった。ちょっとトップへビーになるのではないかという感じだが、これで充分に安定しているという噂《うわさ》だった。私は、バートラムの操船をしたことはない。

栈橋にサバニを舫《もや》い、バートラムの中を覗いてみたが、誰もいなかった。

私はホテルの通用口に行き、そこで社長を呼んだ。

「あたしの部屋へ来てくださらない。いまちょうどここにいらっしゃるから」

わかりましたとだけ言って、私は受話器を置いた。

「木野さんです」

入っていくと、女社長は二人に私を紹介した。

「群《むれ》先生と山南《やまなみ》さん」

私は頭を下げ、勧められた応接セットの椅子《いす》に腰を降ろした。

「やあ、まるで漁師みたいに、陽に焼けてるじゃないか」

群という男が言った。名前に憶《おぼ》えがある。顔もどこかで見たような気がする。小説家の群秋生《しゆうせい》なのかもしれない、と私は思った。

「漁師なんですよ、俺」

「えっ、本職の漁師だって。そんなふうには見えないな」

「三年前、本土から阿加島というところに移って、マグロを獲っています」

「ふうん」

群が、興味深そうな表情で私を見つめてきた。

「船籍、S市になっていたようですが」

十トン以上のプレジャーボートは、船籍を船尾に明示しておかなければならないことになっている。S市なら、東京からそれほど遠くないところだ。本土と言っても、北海道もあれば九州もある。

「マリーナは、S市の隣町だがね。ここ十年ばかりで急速に開発された、リゾートタウンだよ。ちょっと鼻持ちならない街でね」

S市という船籍表示を見た時から、複雑な気分がしていた。亜希子《あきこ》が生まれた街。それだけのことだと言ってしまえば、それだけのことだった。

「それで木野さんに頼みたいことだが、われわれがこのホテルにいる間、船長をやって貰いたいんだ。どうも、この海域を走るのは不安でね」

「ここへ入港されて、船を着けておられます。御立派なものですよ」

「冗談じゃない。海図《チャート》と首っ引きで、冷や汗をかきながら瀬名港へ入港するのがやっとだった。そこからは、水先案内人がいてね」

「俊一よ。ここの海じゃ、子供のころから遊んでいるから」

「何日ぐらいになりますか？」

「それを、決めていない。最低でも三日か四日。十日いるかもしれんし、ひと月になるかもしれん」

山南というもうひとりの男は、ひと言も喋《しゃべ》らず、表情もあまり動かさなかった。

「そんなに面倒はかけないつもりだ。ただ、私は自分で作ったルアーを試したい。だから、アフトデッキにいたいんだ。山南は、船舶免許を持っていない」

「それで、よくここまで来られましたね」

「夜間航行というのをやってみたくてね。うちの街にゃ、船の専門家もいるが、忙しい季節で連れてこられなかった。山南は暇なんだ。暑い時季は薔薇《ばら》を咲かせない。出てきた蕾《つぼみ》を摘むことと、薬剤を散布することぐらいでね。秋になったら休んで蓄えた力で、思いきりいい花を咲かせるらしい」

「薔薇ですか」

「花屋の職人でね。温室で咲かせるような薔薇じゃなく、夜の冷気に当てて色を深くする黒薔薇ばかりを作っている。結構な人気で、店の名物になってるよ。『エミリー』っていう、不吉な名前の店だが。フォークナーの小説から取った名さ」

「フォークナー。『エミリーの薔薇』ですか」

「日本人で、知っているのは一万人にひとりもいない。奥さん、知ってますか？」

「いいえ」

罠《わな》に嵌《はま》ったような、微妙な気分に私はなった。この男は小説家の群秋生だろう、と私はほとんど確信した。

「先生は、長いものを書き終えられたあとですか？」

「ほう、俺を知っているのか」

「年に一冊、辞書のような本が出て、百万部も売れてるじゃありませんか」

「なんとなく、君とは気が合いそうだよ。早速、ルアーを見てくれないかな」

群は、もう私が雇われると決めているようだった。

「君の部屋も、このホテルに確保する。日当は三万」

「二万です。『ブラック・スワン』を動かす時にはそうですから。部屋は必要ありません。泊まる必要がある時、たとえば早朝の出港とか、そういう時は船に寝させてください」

「いいとも。好きなようにやってくれ。とにかく、俺の自慢のルアーを見せたい」

「それより、船を動かしてみたいんですが。三十分かそこらで結構です」

私も、なんとなく雇われることを肯《がえ》んじていた。断る理由が見つからないうちに、乗せられてしまったという感じだった。

群が立ちあがったので、私も立ちあがり、女社長に頭を下げた。山南は、相変らずなにも喋らない。

ロビーから庭に出て、桟橋の方へ歩いていった。

三十七フィートというが、実際はもっとありそうで、バウパルピットやラダーステップを入れると四十フィートは超えそうだった。ツナタワーの上にもヘルムステーションがあり、操縦できるようになっている。

「何日かかりました？」

「六日。途中で寄り道をしたんでね。まともに走れば、三日というところかな。燃料に余裕を見ながら、給油が四回。三回の給油でも、ギリギリなら着けた」

電気スイッチを入れ、エンジンをかけた。

レーダーも魚探も揃っているし、GPSにはこの海域の海岸線が出ていた。

「あとで、オイルや水やVベルト、それに発電機の点検などもさせてください」

「エンジンは好調だね。オイルも調べてあるし、予備もたっぷり積んである」

「船長をやる以上、自分で調べておきたいんです」

「当然だな。君が船長をやっている間は、自分の船だと思って、なんでも好きにやってくれ」

舫いは、山南が解いた。

私は桟橋から船を離すと、反転させ、ちょっと速力をあげて水路を通り抜けた。そこから北へむかえば、暗礁などはなにもない。トリムタブのスイッチを押し、船首《バウ》が下がるようにした。それからスロットルレバーを押した。いい加速だった。車でいうとスポーツタイプという感じだが、時化《しけ》にも強そうだった。凌波性《りょうはせい》も申し分ない。

「いい船ですね、先生」

「君の腕もな。はじめての船を、あんなふうに取り回しはできないもんだよ」

五百馬力近いエンジンを二基載せているのだろう。二千二百回転で、二十六、七ノットは出ている。それでも震動はひどくなかった。舵《かじ》を切ったり、左右の回転を落としたりしてみるが、安定を失うということはなかった。

「三千回転まで回る」

「でしょうね。それにドライだ。船体の設計の詰めが甘い船じゃ、このスピードでも頭から波を被《かぶ》りますよ」

学生時代から、私はヨットをやっていた。パワーボートのクルーのアルバイトも、ずいぶんとやった。操船を任されることも、少なくなかった。卒業してからは、二十四フィートのフィッシングボートを中古で買い、それで毎週のように釣りに出た。収入の半分は、その船に注《つ》ぎこんでいたのだ。

「いい躰をしているな。スポーツはなにをやっていた？」

「ラグビーです。強いチームじゃありませんでしたが」

ラグビー部といっても、週に四日練習があるだけだった。毎朝のランニングは欠かさないようにして体力は作ったが、一年に二度か三度勝てばいいというチームだった。ヨットは、死んだ親父《おやじ》に教えられた趣味だ。

潮流のぶつかっている海域に入った。三角波が立っているが、船の震動は想像以下だった。巡航のスピードを落とさずに、たやすくその海域を乗り切った。

私は、ホテルの方へ船首をむけた。

桟橋に繋留すると、アフトデッキに降りて、漁具を見た。八十ポンドのロッドとリールいた。


が四組。ラインは新しい。ギャフが二本。ビリークラブ。革手袋。ファイティングチェアも、いいものを付けている。小物は、きちんと整理されて、タックルボックスに収まっていた。

「ルアーでやるんですね、先生」

「そうだ。ルアー以外ではやらない」

以前は、私もそうだった。生き餌《え》を使うようになったのは、この島へ来てからだ。

白蝶貝《しろちょうがい》や夜光貝だけでなく、抹香鯨の歯を使ったヘッドまで、二十近いルアーが揃っている。フックやスカートの組み合わせも、悪くないと思えた。

「これを、全部先生が？」

「なかなか苦労した。ヘッドの形状によって動きが変ってくる。それも、一応の実験はしてある。すべて、カジキ狙《ねら》いだ」

「わかりました。ここまで揃っているなら、俺になにも言うことはありませんよ。せいぜい、ヒットしそうな海域を走るだけです」

山南が、冷えた缶ビールを三本持ってきた。

「俺は、釣りはわからない」

山南が、はじめて口を開いた。

「なにしろ、薔薇を栽培しておられる方だから。海が嫌いじゃないんでしょう」

「だから、先生の誘いに乗った」

笑いもせず、山南は缶ビールのプルトップを引いた。私は煙草《たばこ》に火をつけた。ファイティングチェアのアームレストの下に、灰皿が備えつけられている。

「黒薔薇っての、ほんとに黒いんですか？」

「いや、臙脂《えんじ》の深い色だな。それをどれだけ黒に近づけられるかだよ。春の一番花か、秋の終りか冬のはじめ。そのころが、一番色が濃くなる」

「温度の関係？」

「そうだ」

「難しいもんですね。釣りも、水温が関係してくるけど。それで、もしヒットしたら、山南さんもファイトするんですか？」

「先生が、音をあげた時に」

「おい、よほどの大物でないかぎり、俺は音をあげんぜ。はじめから、どの竿に来たらどっちときめておこうじゃないか」

「ファースト・ヒットは、先生に譲ります」

群は、眼鏡をかけて、小物をいじっていた。多少、老眼がかかっているようだ。

「明日から？」

「そうだ、木野。俺は、ここの海を愉《たの》しむために来たんだ。俺はな」

山南は違うとでもいうような言い方だったが、山南は表情を動かさなかった。

「明日は、近場のポイントにしましょう。カジキでなければ駄目だ、というわけじゃないんでしょう?」

「釣れれば、なんでもいい。最後には釣人はそうなるもんさ」

「あのルアーなら、カジキが来そうな気がします」

言って、私は飲みかけのビールを持って立った。

「明日、八時にエンジンを始動します」

「レンタカーを、一台キープした。この島で移動する時は、自由に使ってくれ」

「わかりました。でも、船の方が早いことが多いんです。特に、ここと瀬名港じゃ」

私は栈橋から自分のサバニに乗り移り、エンジンをかけた。山南が、舫いをはずしに来て、私が栈橋から離れていくのを、しばらく見ていた。

瀬名港に回った。瀬名の街とホテルの間には、山がひとつある。それを越えるなら、確かに車より船の方が速かった。バートラムクラスの船ならばだ。

「赤い悪魔か」

私は、『レッド・デビル』という、バートラムの船名を思い浮かべて呟いた。オーナーが、自分を皮肉ってつけたようでもある。群秋生の小説は、血も流れなければ悪魔も出てこないが、全体として『赤い悪魔』などというとぴったりくる。どこか暗く重い恋愛小説を、私は四冊ほど読んでいた。

瀬名港にサバニを入れると、私は馴染《なじ》みの釣具屋に行った。ルアーを中層にまで沈める錘《おもり》が、船にはなかったのだ。錘を百個ほど数珠《じゅず》玉のように付けたラインを、ふた組買った。付けてある錘の大きさによって、何メートルほど沈むかが決まる。

それから私は遅い昼食をとり、新しいTシャツを三枚と短パンを買った。スーパーへ行き、阿加島にはない野菜も少し買った。

それをサバニに運びこんでいる時、尾高に声をかけられた。

お茶を飲もうと誘われたので、少し考えて承知した。尾高とは、仲よくしている方が便利だった。

港の近くの、喫茶店の二階の、窓際に席をとった。お茶と言ったが、生ビールになった。

「おまえの、沖のポイントだがな」

「俺のポイントってわけじゃない」

「だけど、あそこで釣ってくるのは、おまえだけだ。ほかの連中が流しに行っても、誰も釣れない。四年前に、二百キロのクロカワをあげたやつがひとりいるだけだ」

それだった。私は、二冊のノートを持っている。カジキがあがった噂は、すべてそれに書きこんである。その時の海況から水温まで、気象庁に問い合わせて調べるのだ。過去三十年ほどのデータが一冊に収まっていて、もう一冊は自分で作ったデータだった。

「釣ってくる者《もん》が勝ちだわな。釣らねえでなんと言っても、負け犬の遠吠《とおぼ》えだ」

尾高の話は、私のポイントと言われているところに、魚礁《パヤオ》を作るという話だった。瀬名島の漁協で、そういう話が出ているらしい。パヤオと言っても、この地方ではコンクリートのブロックを沈めるのではなく、浮標《ブイ》からロープを一本垂らすだけだ。不思議に、それに魚が付く。

尾高は、よそ者が開発したポイントに、パヤオを作ることを憤っているだけだった。この島の漁師が釣ってきたカジキには、私に払うよりいくらか多く払わなければならない。そういう習慣だった。

尾高の話を聞きながら、私は下の道を見ていた。車が一台やってきて停《と》まり、しばらくすると山南が降りてきたのだ。

山南は、人でも待っているという様子だった。五分ほどそうしていると、男がひとり近づき、ちょっと言葉を交わした。

山南は、その男と一緒に、路地に入っていった。

島では、評判のいい男ではない。二人が知り合いかどうかはわからなかったが、山南がこの島へ来たことがあるとは聞いていなかった。

薬を扱っている。そういう噂のある男だ。島の人間ではないらしく、付き合いも限られているという話だった。

三十分ほど経《た》っても、山南は路地から姿を見せなかった。

3　サブマリン

とりあえずは、一番近いポイントに向けた。必ずしもいい潮の状態ではなく、水温もいくらか低い。それでも海図でポイントを説明すると、群秋生はそこを選んだのだ。

「最初の二回は、君が説明するポイントの中から、俺に選ばせてくれ。次の二回は、君が選ぶ。あとは話し合いだ」

海図を見ていろいろ考えたりするのが、群は嫌いではなさそうだった。本土から瀬名島までのコースラインも、几帳面《きちょうめん》に書きこまれている。GPSだのといったところで、最後は海図にコースラインをきちんと引けるかどうかだった。

沖へ出ると、私は『レッド・デビル』の舳先を南西にむけた。群はコックピットの運転席の隣に腰を降ろしているが、山南はアフトデッキのファイティングチェアから動かない。きのう会っていた男のことは気になったが、なにも訊《き》かなかった。なにかありそうな気がしたからだ。キナ臭い匂《にお》いからは、遠ざかることにしていた。

「実にいい色をしているな、このあたりの海は。沖縄本島を過ぎたあたりから、空気もきれいになった」

「別に、空気は汚れているわけじゃないです。この季節でも、時々北西風が吹きます。すると大陸から砂塵《さじん》が飛んできて、霧でもかかったようになるんです。さすがに、瀬名島じゃもう吹きませんが」

「夏だろう、ここは？」

「まあ、はじまったばかりですかね」

本土のあたりは、移動性の高気圧が二日に一度西から東へ通り過ぎていく、という季節のはずだ。大きく荒れることはないにしても、高気圧と高気圧の間の低気圧の中では、海は決して居心地はよくない。

「台風では、相当の風かね、このあたりは？」

「大きさにもよりますが、強烈なやつだと、本土では想像できないでしょうね」

「去年、台風並の低気圧を突っ切って、瀬名島まで走った船がいた。もっとも、百フィートを超えるメガ・ヨットで、この船と較《くら》べりゃ戦艦と魚雷艇だが」

海面には小波《さざなみ》はあるが、揺れはほとんどなかった。巡航回転数で、三十ノット近く出ている。四百五十馬力のエンジンが二基だった。出力を全開にすれば、三十五ノットを軽く超えるだろう。ホテル『夕凪』の『ブラック・スワン』でも、全開で二十六ノットだった。

「このスピードじゃ、あと三十分ってとこです」

私は煙草に火をつけた。ビニール・エンクロージャーは前も横も開け放ってあるので、風は吹き抜けている。

　離島へ行く、五百トンほどのフェリーが前を横切った。かなりの引き波が迫ってくる。私はそのまま走った。波を切るという感じで、引き波を二つ三つと断ち割っていく。飛沫《しぶき》はあがっても、船体にはほとんど降りかかってこない。揺れは大きかったが、震動というほどでもなかった。

「船体《ハル》の設計は、ほぼ完璧《かんぺき》だと俺は思ってるんだがな。おまえはいま、引き波でちょっとばかり性能のテストをしたんだろう？」

「いいですね。噂通りです。それに、コックピットがドライだ。普通だと、いまのじゃ飛沫が降りかかってきてますよ」

「この船なら、台湾へ行けるか？」

「沖縄本島へ戻るより、ずっと楽ですよ。行ければの話ですが」

「フィリピンへは？」

「台風がなけりゃ」

「しかし、この船にゃそういう免許はない。あくまで、日本の沿海ということになっている」

「船が、性能的に行けるかどうかの話です」

「台湾にむかうと、どうなる」

「保安庁のレーダーにまず捕捉《ほそく》されます。ヘリコも飛ばしてるし。哨戒《しょうかい》中の巡視艇が飛んできます」

「なるほど」

「まさか、台湾に行こうなんて考えてないでしょうね、先生？」

「自分でもまさかってことを、やってみたくなる。そういう性格でね。いつも出てくる性格ではなく、ふとした時に、気づくとそんなことをやっていたりする」

「ふとした時って」

「おまえにもないかな。投げちまいたくなる。なにもかも、どうでもよくなるって時が」

「わかりません」

「あるという顔をしているがな」

私は、備え付けの灰皿で煙草を消した。

「山南さんは、操縦は？」

「できるさ。ただ、免許などを取りにいくというタイプではない」

「薔薇の栽培が忙しくて？」

群が笑った。小説家らしいレトリックなのかどうか、よくわからなかった。私の読んだ群秋生の小説には、間違っても絶望などという言葉は出てこない。そのくせ、底の方には絶望としか呼びようのないものが、いつも流れている。

「鳥がいるな」

指さし、私の方を見て、群がにやりと笑った。自分の選んだポイントが、間違っていなかったとでも言うような口調だ。白い鳥が多い。海面に突っこんで餌を食っていても、そこを流してかかるのは、せいぜい鰹《かつお》といったところだ。

「あそこは、やめておきましょう。ぜひにと言われるなら、流してみてもいいですが、大物はヒットしません」

「だろうな。白い鳥山は狙うな、と雑誌に書いてあった。このあたりの海域で釣りをしている、実業家のインタビュー記事だったがね。白い鳥が半数以上いたら、せいぜい鰹の鳥山なんだそうだ」

不思議なことに、鰹に付いている鳥と、マグロに付いている鳥は、種類が違った。鰹とマグロでは、追う小魚が違うのかもしれない。

大きな魚に追われた小魚が、逃げ惑って海面に出てくる。それを鳥が食う。だからそういう時は、鳥が群れになって海面に突っこみ、遠くからは小さな山のように見えるのだ。

鰹を食いに、さらに大きな魚が寄ってくるかもしれないと思い、私は白い鳥山に何度か挑戦したことがある。不思議なことに、鰹以外の魚がかかったためしはないのだ。

「どうしてだろうな」

「理由を考えるより、釣りではデータの方が大事なんです」

「確かにな。実用的な釣りを考えるなら、そうなんだろう」

「俺は、漁師ですから」

「その前は？」

「普通の、仕事をしていましたよ」

「普通にも、いろいろとある」

言ったが、群はそれ以上執拗《しつよう》に訊いてこようとはしなかった。

三年前まで、私は東京で弁護士をしていた。小さいが事務所を持ち、刑事事件を半数以上担当するというような仕事が中心だった。民事の方が金になるが、それほど金を欲しいとも思っていなかったのだ。

大学ではスポーツをやり、それと同じ感覚で司法試験の勉強もした。卒業した年に、私は司法試験に通った。頭がよかったというわけではない。スポーツに似た勉強のやり方が合っていたというだけのことだ。スポーツでは、試合を目指して、毎日無味な練習をくり返す。それと同じでよかったのだ。

弁護士の仕事が面白そうだと思ったのは、二年の司法修習生を終えてからだった。犯罪者の話を聞いたりするのが、嫌いではなかったのだ。

正義感、などというものも、あったのかもしれない。それに酔っていたとは思わないが、確かに正義が自分の拠《よ》って立つ場所だとは考えないわけにはいかなかった。

いまは、正義などという言葉が浮かんでくることなど、ほとんどない。それについて考えようということも、しなくなった。

「まだか、木野？」

「もう少しです。あと五分かな」

「島の方角で、自船位置を探るのか。おまえ、GPSなんか一度も見ていないぞ」

「このあたりは、小さな島が多いですからね。視界がいい時は、目測で場所を知ります」

「夜や、視界が悪い時は？」

「磁針方位で」

私のサバニには、GPSなど無論付いていなかった。魚探さえもない。データでその日の釣りのやり方と場所を決め、あとは鳥を捜すだけだ。

やがて、群が選んだポイントの海域に入った。

船速を落とすと、アフトデッキにいた山南が、黙ってアウトリガーを倒した。

群は、双眼鏡で鳥影を探していた。私の肉眼で見える距離に、鳥の姿はない。

鳥がいれば、必ず大きな魚がいるというわけではない。鳥は小魚を食うが、小魚は大きな魚に追われた時だけ、海面に出てくるともかぎらないからだ。ただ、確率はずっと高くなる。そして、頼れるのはその確率だけなのだと私は思っていた。

「よし、潮流に逆らって流してくれよ」

ルアーの流し方には、二通りあった。潮流に逆らって流すのと、太陽を背にして流すやり方だ。潮流に逆らえば、魚の泳ぐ方向と同じことが多くなり、ルアーをよく追ってくる。太陽を背にすれば、光の角度でルアーが魚から見えやすくなる。どちらを選ぶか、あるいは二つの組み合わせでやるか、それは釣人の流儀ということだ。

船を、潮上にむけた。いくらか揺れが大きくなる。群は、アフトデッキでルアーバッグを眺め、ひとつふたつと選び出した。

アウトリガーから二本、その間に二本、センターリガーから一本。ルアーは、二十以上ある。ヘッドを作り、スカートを穿《は》かせ、フックをセットしたのは、群自身なのだ。ルアーの泳ぎ方も、テストしてあるのだろう。アウトリガーから流した二本が、活発に横に振れるようだ。

群がファイティングチェアで待ちの態勢に入り、山南はフライブリッジに昇ってきた。

「ツナタワーの、てっぺんに昇らなくてもいいのかね？」

山南が自分から言葉をかけてきたのは、はじめてのような気がした。

「カジキの匂いがしたら、そうするよ」

「匂いか。つまり、いまはカジキはいないと思ってるんだな」

山南が煙草に火をつけた。船速は六ノット。デッドスローに近い。

「ヒットしたら、あんたがギャフを扱ってくれるんだろうね、山南さん？」

「ヒットしたらだ」

　私はまず船の操作で、獲物を引き寄せたところで、リーダーを摑《つか》む。そしてさらに引き寄せ、ギャフを打つのだ。その気になれば、すべてをひとりでもできる。そのためには絶対に切れない、ロープのようなラインが必要だが、いま流されているのは八十ポンドだ。大物だと、やり取りを間違えれば、切れる。つまり魚にも逃げるチャンスを与えるのがスポーツフィッシングで、ヒットさせたらなにがなんでもあげるのが漁というわけだ。

　馴《な》れているのか、群も山南も待つことに苛立《いらだ》ったりはしなかった。弱い風が吹いている。遠くの鳥影を、私は見ていた。まだ二羽程度だ。偵察に出ている鳥だろう。ほかの仲間は、海上のどこかで休んでいる。

　三時間ほど流したところで、リールのクリックが鳴った。群がリールに飛びついた。クリック音が、すでに断続的になっている。カジキならせいぜい二、三十キロ。シイラなら十キロちょっとというところだろう。

　群は、リールのドラッグをファイティングポジションにまで締めあげた。そこでは、もうクリックは音さえたてない。

　私と山南は、アフトデッキに降りて、ほかのルアーを巻き寄せた。多分シイラで、横に突っ走ることが多い。ラインが絡まると面倒なのだ。

　なにがヒットしたのか、群にもわかっているようだった。ハーネスも付けず、無感動にラインを巻き取っていく。八十ポンドのラインでは、小さすぎる獲物だ。やり取りをすることもない。一度だけシイラは跳ね、それから船尾に寄ってきた。

「リリースだ、木野」

群が言う。私はリーダーを摑んでシイラを引き寄せ、小さな手鉤《てかぎ》を遣ってフックをはずした。自由になったシイラが、一瞬横腹を見せて反転し、泳ぎ去っていった。

それから、さらに三時間ヒットはなかった。潮流に逆らって進み、あるところから反転していくらかスピードをあげて戻る。それをほぼ三十分おきにくり返すのだ。このあたりの海域は、ほとんどルアーで舐《な》めたという感じになった。

「駄目だな」

「帰りますか」

「ああ。ただ、食える魚一匹ぐらいは釣っていきたい。ホテルの女社長は、厨房《ちゅうぼう》で待っていると言っていたからな。本気で釣れるなんて考えちゃいないのさ」

「なんでもいいんですか、食えれば」

「シイラは悪食《あくじき》だ。それ以外の魚でも、俺のルアーに食らいつくことだけは、確かめておきたい」

「じゃ、沖サワラでも。十五、六キロはあるやつがいます」

「どこに？」

「ここですよ。ただし、表層じゃない」

「わかった。任せるよ、木野。ただし、俺のルアーを使うこと」

「心配されなくても、俺はルアーを持っていません。生き餌を使いますからね。ホテルのクルーザーにあるルアーは、時々手入れをしたりしていますが」

「俺のルアーに、魚が食らいつくことさえわかればいい」

私は頷《うなず》き、全部のルアーをあげた。そのうちのひとつを選び、中層用のビシ付きのテグスに繋《つな》いだ。これで、ほぼ十五メートルほど、ルアーを沈めることができる。ただ、魚がヒットした時は、リールではなく、手で手繰り寄せる。

その状態で、十分ほど流した。船尾に固定したラインがぴんと張り、ふるえるように動いた。厚い革の作業手袋をした山南が、体重をかけるようにして引き寄せた。私はフライブリッジから降り、船尾に立って、引き寄せられてきた魚にギャフをかけ、アフトデッキに上げた。十二、三キロの、沖サワラだった。素速く、鰓のところを切って血を抜いた。

「ふうん」

群が、感心したような声をあげた。

「先生のルアーは、ちゃんと餌に見えています。カジキがヒットしなかったのは、カジキがいないからという、単純な理由です」

「わかったよ。確かに、おまえの言う通りのようだ」

「ほかのルアーを使っても、すぐに沖サワラかバラクーダはかかると思います」

「今日は、ポイントの選び方で負けたってことか。まあいい。明日がある。帰ろうか」

私はサワラを氷を入れたクーラーボックスに突っこみ、海水ポンプでデッキの血を洗い流すと、フライブリッジに昇った。ニュートラルにしてあったギアを、前進《アヘッド》に入れる。帰りは、瀬名島のそばまで群が操縦した。リーフの白波が見えてくると、私に交代しろと言う。まだリーフには馴れないようだ。

ホテルの桟橋に『レッド・デビル』を繋留すると、群と山南はすぐにあがっていった。私は漁具の整理をし、ホースを引いてきて船に真水をかけた。入り組んだところに、念入りに真水をやる。塩が固まるのは、そういうところなのだ。コックピットの周辺は、搾ったウエスで丁寧に拭《ふ》いてやる。計器類には、CRCを軽く吹きつけた。

「ずいぶんと丁寧に船を洗うもんだ。理想的なクルーだな」

いつの間にか桟橋に戻ってきていた群が言った。シャワーを使い、着替えている。

「ビールを一杯、付き合えよ、木野」

私は、これから阿加島に帰るつもりだったが、まだ一時間ほどの余裕はあった。

庭にテーブルが並んでいて、生ビールを註文できる。

「山南さんは？」

「瀬名の街が気に入ったらしくてな。シャワーを使うと、すぐに出かけていった。夕めしも、あっちで食うそうだ」

きのう、山南が会っていた男のことを、私は思い出した。

「夕めしも誘いたいところだが、おまえにも都合があるだろうと思ってね」

都合はないが、私はひとりの夕めしを食いたかった。阿加島に帰りついたころ、ちょうど陽が落ちるだろう。

「海図上《チャート》では、絶好のポイントだと思えたんだがな」

「確かに、悪いポイントじゃありませんよ。ただし、あの海域にマグロやカジキが入ってくるのは、真夏のわずかな間だけです」

「明日も、俺が選んだポイントでやるよ」

「そういう約束でしたが、意地になっていませんか?」

「なってるかもしれん。しかし、明後日《あさって》からは、君が選んだポイントでやる」

「よほど気紛《きまぐ》れなカジキがいないかぎり、明日も釣れません」

私が言うと、群が肩を竦《すく》めた。

「はっきり言うじゃないか。しかも、気紛れなカジキがいないともかぎらん、という逃げ道を残してる。木野、おまえは東京でなにをやっていた?」

「忘れましたね」

「かなり狡猾《こうかつ》な前歴を感じさせるな、たとえば、詐欺師だとか」

それほど、遠くなかったのかもしれない、と私は思った。有罪だった男を少なくとも二人は無罪にした。詐欺と言われてしまえば、その通りだった。

「鍛えた躰をしている。腹を立てない訓練もしている。やくざにも、そういうタイプはいるよな」

「群先生は、およそ小説家のタイプからはかけ離れていますね」

「タイプで小説を書くわけじゃない」

「やくざも、タイプじゃ決められません。山南さんの方が、俺の眼から見るとずっとやくざだな」

「ほう」

「荒《すさ》んでいますよ、眼が。人が無意味に死んでいくのを、多く見過ぎてしまったというような眼ですね」

私は、ジョッキのビールを飲み干した。ラフティの皿がある。豚の三枚肉の煮こみで私の嫌いなものではなかった。

「この世は、無意味な死に満ちているさ。そう思わないか。意味のある死なんて、どこを捜しても見つかりはしない」

「そうですね」

「生きることの意味さえ、死とともに消えていく」

笑っているのかと思ったが、群は海の方に眼をやっているだけだった。私は、ラフティをひとつ口に入れた。

頼みもしないのに、新しいジョッキが運ばれてきた。テキーラのボトルとショットグラスもある。ビールだけならまだしも、テキーラまで飲んでしまうと、阿加島までの操船は危険だった。気を抜いた時に、海はなにかを仕かけてくる。

群がショットグラスにテキーラを注ぎ、いきなり私のジョッキの中にグラスごと放りこんだ。逆様にビールの中に入ったショットグラスは、ビールの中で不安定に揺れている。こぼれてビールと混じったテキーラは、それほど多くないようだ。

「サブマリンという。メキシコじゃ、よくこれをやる。ビールを飲むたびに、ジョッキを傾けなきゃならん。中のショットグラスも揺れてテキーラがビールと混じり合う。安直なカクテルさ」

「安直だが、強烈ですね」

「俺はこれを、ロックグラスでやるよ。アル中なんでね。おまえも、アル中の仲間に引きこもうってわけさ」

群の笑顔が、はっとするほど暗かった。

アル中というのはほんとうだろう、と私は思った。私は、黙ってジョッキに手をのばした。ジョッキの中に沈んだショットグラスが、かすかに揺れていた。

4　離島桟橋

二日目も、やはりヒットはなかった。

沖サワラやバラクーダを釣るのはもういい、と群が言ったので、ホテルの桟橋に戻ったのは午後二時だった。

漁具の整理をし、船を洗い、自分のサバニで瀬名港へ行った。

昨夜は、『レッド・デビル』のクルー用バースで眠った。サブマリンを四杯飲んで、かなり酔ってしまったのだ。群は、私と同じぐらい飲んだが、それほど酔ったようではなかった。ただ、いくらか寡黙になり、遠くに眼をやっていることが多くなった。まだトップシーズンというわけではないが、客は結構多く、私と群の組み合わせは、明らかにほかの客たちと異質だった。

群が眠ったのが、何時なのかは知らない。私は群におやすみを言うと、船に戻ってアフトデッキで真水を浴び、すぐにバースに潜りこんだのだ。

翌朝会った群は、特に変ったところはなかった。むしろ山南の方が、さらに寡黙になっていて、私とも群ともほとんど口をきかなかった。

瀬名港へあがると、私は町の方へ歩いていった。東京に註文していた本が、届いているはずだった。ちょっとばかり、買っておきたい小物もある。

本屋で本を受け取り、雑貨屋でカーテンレールとゴムホースを買った。私の小屋のカーテンレールが、塩で腐蝕《ふしょく》して駄目になりかかっていた。アルミ製だが、プラスチックのものに交換した方がよさそうだったのだ。ゴムホースは、撒水《さっすい》用だった。

阿加島に住んでいるといっても、三年も経っていれば、この島にも知り合いはかなりの数できた。荷物を担いで歩いていると、話しかけてくる者もいる。そのたびに、私は煙草を一本喫《す》う間ぐらいの時間、立話をする。阿加島の北の海況はどうだとか、鰹の群れを見なかったかというような話題から、阿加島の住人の噂話まで、大抵の人間は話が好きなのだった。熱帯に近い島で、昼間は休んで話しこんだりする人間が多いし、涼しくなった夜はみんな遅くまで遊ぶのである。

山南が、アーケード街の中にある、喫茶店に入るのが見えた。連れがいるのかどうか、わからない。私は、港のサバニに荷物を運びこんだ。そのままエンジンをかけかけたが、その手を岸壁にかけ、また這《は》い登った。街に、なんの用事もなかった。それでも、私は街の中心にむかって歩いていた。

園芸店で、野菜の種をいくつか買った。それから、すぐには必要のない工具を、二つばかり買いこんだ。サバニは、私が乗っていたこの三年の間に、以前よりずっと丈夫なものになっている。漁に出ない日に、よく手入れをしてきたのだ。エンジンも、一度は分解している。

荷物を抱えると、用事があるから街へ戻ってきたのだ、という気分に私はなった。なんとなくという感じで、喫茶店の前を通ってみる。山南が、二人の男とむかい合っているのが、ガラス越しに見えた。ひとりはこの間の男で、もうひとりはやはりあまり評判のよくない男だった。

なにをしているのか、長く考えることはしなかった。二人が旧友だというのはあり得ないし、偶然会って友人になったというようにも見えなかった。

商売の話をしている。山南は知らないが、二人は台湾の方から入ってくる薬を扱っているという話だ。ならば、薬の取引の話をしている、という可能性が強いと思った。

台湾からこの島に薬を入れてしまうと、あとは日本じゅうどこへ運ぶのも、それほど難しくはない。国内なのだ。

しかし山南は、薬のためにわざわざクルーザーでこの島へ来たのか。そんな手間をかけなければならない理由が、なにかあるのか。そして、群秋生はそれを知っているのか。

考えるときりがなかった。

自分には関係のないことだ、という気もした。それでも、私は喫茶店の出入口が見通せる場所で、しばらくじっとしていた。知り合いが二人話しかけてきたが、ほんのふた言三言の立話で切りあげた。人を待っているような顔を、私はしていた。

二人の男と一緒に山南が出てきたのは、それから三十分ほど経ってからだ。

私は、尾行《つけ》はじめていた。そんなことに、馴れているわけではない。しかし、午後のアーケード街は、人が少なくなかった。

三人が路地に入り、建物のひとつに消えていくまで、しっかり確かめることができた。その建物がなにかは、私は知らない。

どうしようか、迷った。それは束《つか》の間《ま》で、すぐに私は腰を据える気になった。引き返したら、なんのためにここまでやったのか、ということになる。腰を据えるのがなんのためかもはっきりしていなかったが、そうしている方が後ろめたい気分は少ないように感じられたのだ。

一時間以上、私は路地のむかい側の食堂で、ビールをちびちび飲んでいた。

出てきた時、山南はひとりだった。

少し距離を置いて、私は尾行ていった。アーケード街を抜け、舗道をしばらく歩くと、港の方にむかった。車で来たのだろうが、どこに置いているのかはわからない。

瀬名港といっても、貨物船やタンカーが着く場所、観光船が着く場所、漁船が並んでいる場所などあって、かなり広い。

陽は落ちて、暗くなりかかっていた。

山南は、時々道に迷ったように立ち止まって周囲を見回したりしていたが、行き着いたのは離島桟橋だった。そこは離島へ行くフェリーが発着する場所で、大小十数隻のフェリーが接岸している。

山南は、離島桟橋の駐車場の前から、路地を入って、酒場が並んだ方へ行った。

私はまた、そこで待った。

山南が出てきたのは、八時過ぎだった。この時間になるとフェリーは動かないので、離島桟橋にも人の姿はない。

私は、桟橋に並べられたコンテナのかげで、腰を降ろして山南を見ていた。

路地から出てきた山南は、立ち止まって煙草に火をつけ、それから街とは反対の方向にゆっくりと歩きはじめた。港の端にむかう恰好で、先にはなにがあるわけでもなかった。岸壁が続いているので、朝や夕方、釣りの好きな少年たちが、小魚を釣っているのを見かけるだけだ。

草が生い茂った、広い土地がある。もともと倉庫を造るために埋め立てられ、岸壁ものばされたのだという話を聞いたことがある。なぜか倉庫は造られなくなり、したがってその前の岸壁に接岸する船もいないのだ。

山南が、百メートルほど歩いたところで、路地から三人の若者が出てきた。その三人は、明らかに山南を追っているようで、しばらく姿を隠して進んだ。私も、三人のあとをついていった。

山南が岸壁の端のあたりまで歩いて立ち止まった時、三人は姿を晒《さら》して走りはじめた。私は、まだ隠れたまま進んだ。

三人が、山南を取り囲んでいる。

「しつこいんだよ、あんた。余計なことに首を突っこむんじゃねえよ」

ひとりが言っている声が、風に乗って私のところにも聞えてきた。山南がなにか言い返しているようだが、その声は低く、言葉は聞き分けられなかった。

「あんたがつべこべ言ったって、女は欲しがってんだってよ。だから余計なことなんだよ。俺たちが大人しくしてるからって、舐めた真似《まね》はするんじゃねえぞ」

女が絡んでいる。そうらしいことはわかった。この島の女なのか。それとも、S市の女なのか。山南が、また煙草に火をつけた。私も煙草に火をつけたい気分になったが、なんとか耐えていた。

取り囲んでいる三人は、よく知らない。街で見かけたことはあるが、この島にもチンピラがいるのだ、と思ったぐらいだ。

「いつ出ていくのか、返事が欲しいんだけどよ。返事したくねえったって、させてやるよ。だから言った方がいい」

岸壁の水銀灯から、四人の頭上に光が降り注いでいる。煙を吐いた山南が、ちょっとだけ笑ったように見えた。

ひとりが、山南のポロシャツの胸ぐらを摑んだ。山南は、抵抗する素ぶりではなかった。胸ぐらを摑まれたまま、煙草を喫おうとしている。そう見えた時、男が声をあげて手をひっこめた。煙草の火を押しつけたのだということが、私のところからもわかった。

「この野郎」

男の声に憤怒《ふんぬ》が満ちた。

「無断で、人のシャツに手をかけるな。しかも、汚い手をな」

山南の声だった。ドスが利いた声で、三人は一瞬たじろいだようだ。私の肚《はら》の底にも、響くような声だった。

これでは、山南の方が喧嘩《けんか》を売っているようなものだ。場合によっては出ていくしかないと思っていたが、成行を見守ることにした。あまりひどく山南がやられるようなら、大声を出して騒ぎ立てるぐらいでいい。わざわざ私が出ていって、チンピラとおかしな関係になる必要もない。

「おまえ、俺たちを怒らせようってのか」

「ブロックつけて、海に沈めてやるぞ」

「これじゃ、ただじゃ済まねえな。慰謝料がいるよ、慰謝料。ひとり五万ずつで、十五万ってとこかな」

三人が、口々に言いはじめた。

山南は、笑ってもいなければ、怯《おび》えたようでもなかった。最初に会った時と同じ、仏頂面だ。顔は同じでも、どこか違った。人間がけものになった、という感じだ。内側だけが、けものになった。

いきなり、ひとりが山南に殴りかかった。男の躰が泳ぐ。ボクシングのサイドステップのような足の使い方で、山南は男の拳《こぶし》をかわしていた。

ボクシングができるのか、と私は思った。それで、三人とむかい合っても落ち着いていられる。それにしては、山南の顔のどこにも、打たれた痕跡《こんせき》などなかった。ボクシングをやっていたとしても、素人の域を超えてはいないのだろう。それで、三人を相手にできるのか。

ひとりのパンチがかわされたので、三人は同時にかかることに決めたようだ。ひとりが後ろから抱きつき、もうひとりが蹴《け》り、残るひとりが殴りつける。ほとんど同時の動きだった。山南の姿が消えた。消えたというのがわかっただけで、どうなったのかはわからなかった。

二人が倒れた時、山南が立ちあがった。ちゃんと立った時は、もうひとりも倒れかかっていた。

三人が、同時に襲いかかってくる瞬間、山南は自分から倒れこんだのだろう、と私は思った。そこまでは推測できるが、それから先なにが起きたのか、やはりわからなかった。

倒れた三人は、背を丸め、呻《うめ》き声をあげている。半端なやられ方ではないように見えた。

山南が、また煙草に火をつけた。それから、街の方にむかって岸壁を歩いていった。

私は、身を隠した場所からしばらく動かず、山南の姿が完全に視界から消えるのを待った。それから、岸壁で倒れたままの三人のそばに歩いていった。

「どうした？」

「なんでもねえよ。あっちへ行け」

ひとりが首を持ちあげ、喘《あえ》ぐように言った。ズボンの裾《すそ》のところが、ちょっとだけ血で汚れている。うつぶせに倒れていたひとりが、叫び声をあげて立ちあがろうとし、糸の切れた操り人形のようにまた倒れた。三人とも、ズボンの同じ場所に血を滲《にじ》ませている。出血は大したことがない。それでも、腰が抜けたように立ちあがれないでいるのだ。

「あっち行け、見せものじゃねえぞ」

喚《わめ》きながら、ひとりが携帯電話を出した。助けを呼ぼうというのだろう。私は、三人から離れた。

歩きながら、なにが起きたのか考えていた。どう思い返しても、山南の動きはよくわからなかった。三人が倒れたのが、現実ではなかったことのようにさえ思える。

離島桟橋から街の方へ戻って、人の多いところへ出たら、なおさらだった。

私がサバニを繫いでいる漁船の溜《たま》りは、離島桟橋とは反対側の方で、街の中をしばらく歩くことになる。

サバニに戻った。岸壁から乗り移った時、サバニに人がいることに気づいた。

「夜間航行というのも、経験してみたいな。星がきれいだ」

エンジンの前のところに、山南が寝そべっていた。

「今夜は、泊めてくれないか」

山南は、寝そべったままだった。

5　薔薇《ばら》とナイフ

灯台の光を、三つ視認した。ほかに星もあった。コンパスだけはサバニに備えてあるので、夜間航行も可能だった。

エンジン音と、舟が波を打つ音。サバニにも、明りはひとつついている。つまり航海灯というやつだ。それは、消していた。大型船がいるような海域ではないし、身近に明りがあると、闇《やみ》はかえって濃くなってしまうのだ。

エンジンの前のところで、山南が身動きをする気配があった。艫《とも》に回ってくるのかと思ったが、また静かになった。

私は前方の二つの灯台の明りを見、コンパスを見、しばらく進むと、もうひとつの灯台の位置を確認した。確認しながらしばらく進み、左前方の灯台に舳先をむけた。

夜間入港のための、合わせ灯などはない。島の家の明りと灯台で、リーフの位置を確認する方法があるだけだ。

間違いなく、水路に入った。家々の灯も、はっきり見えてきた。いつもの場所に、サバニを着けた。舫いを二つ取る。山南が、立ち上がって岸壁に跳び移った。

漁具は使っていない。というより、群秋生の仕事をはじめた時から、積んでいない。街で買ってきたものだけを持った。山南が二つ持ってくれた。

「気をつけてくれ。俺は馴れてるが、岩場のようなところを歩かなければならん」

「闇には、眼が利く方だ。岬の鼻にあるのが、お前の家か？」

「そうだ。借家だがね」

私が歩くのと同じ速度で、山南は付いてきた。とても、薔薇だけを作っている男とは思えなかった。あまり、考えないようにした。私に用事があるから、サバニに乗っていたとしか思えない。ならば、話を聞いてから考えればいい。

電気のスイッチを入れた。

部屋が明るくなる。山南は、古い友人の家でも訪ねてきたように、ぶらさげてきたものをキッチンの床の端に置き、テーブルの椅子に腰を降ろした。

「読書家だな。本が部屋を占領している」

山南が言う。

「そっちがバスルームだ。シャワーはいつでも出る」

私は親指を立て、バスルームの方を指した。山南が頷く。ここまで来る間に、だいぶ潮を浴びているはずだ。

山南がシャワーを使っている間に、私は冷凍庫からシチューの残りを出し、鍋に入れた。二日かけて作ったもので、悪くはない。野菜を簡単に洗う。この時季はにが瓜《ゴーヤ》がうまい。スライスして炒《いた》めてもいいし、そのまま鰹節をかけて醬油《しょうゆ》で食ってもいい。

ワインを一本抜き、パンを切った。

「小綺麗《こぎれい》に暮してるな。バスルームなんかを見ると、それがよくわかる」

山南が、腰にバスタオルを巻いて出てきた。背中と脇腹《わきばら》に刃傷があった。鎖骨の下のくぼみは、多分銃創だろう。

「ここの湯は、太陽熱か」

「使えるものは、なんでも使おうってことさ。真夏は、熱湯が出てくる」

「Tシャツを一枚、くれないか」

私は頷き、洗い晒《ざら》したものを一枚放《ほう》った。山南は、私よりひとまわり小柄である。せいぜい百七十センチというところか。

「腹が減っていたところだ。手間をかけさせたかな」

「別に。ひとり分かふたり分の違いだけだ」

私も、シャワーを使った。

出てくると、シチューがいい具合に煮立っていた。肉はオックステイルである。煮こみすぎると、繊維ばかりが残る、ということになる。だから大量に作ってすぐにいくつかに分け、冷凍してしまうのだ。時間がない時の食事には便利だった。

「こんな島で、魚を獲り、本を読みながらのんびり暮すか。悪くはないな」

「確かに、悪くないさ。ほかのことをなにも望まなけりゃな」

私はシチューを皿に移し、野菜とゴーヤとパンを出した。バターなどはつけない。私の習慣はそうだった。チーズは、かなりの数が揃っている。

なんとなくという感じで、食事をはじめた。オックステイルは、いい状態になっている。赤ワインとよく合った。山南は、シチューにパンをひたして食っている。パンだけは、うまいものがなかなか手に入らなかった。焼きたてなどではなく、できるだけ硬いものを買っておくのだ。硬いフランスパンは、あまり味が変らない。

「うまいな。料理の腕もなかなかのもんだ」

「暇なもんでね。研究する時間はたっぷりあるってことだ」

「暇だから、俺も尾行《つけ》たのか？」

「評判のよくない連中と、一緒だった」

「俺の勝手だろう」

「まあな」

「俺は、釣りのためにここへ来たんじゃない」

「群秋生も？」

「先生は、なにかのために行動するような人じゃない。気紛れさ。気紛れで、俺をここまで乗せてきた」

「信じろってのか？」

「先生がやることは、はたからはよく理解できない。全部気紛れだ、と俺は思うことにしている。瀬名島へ来たのも気紛れで、カジキを狙うのも気紛れだ」

なんとなく、わかるような気がした。気紛れな男だと割り切って付き合った方がいい人間がいるものだ。いろいろ考えなくて済む。

「山南さん、あんたは気紛れじゃないよな」

「俺も、気紛れでここへ来た」

「チンピラ三人を、ぶっ倒したのもか？」

「あの三人のせいさ。大した傷は負っちゃいない。アキレス腱《けん》を、縦にちょっと切っただけだ。横に切れば切断だが、縦に割っただけなら、一週間で歩けるようになる」

「ナイフで？」

「ああ」

そんな切り方ができるとは、ほとんど信じ難かった。三人のチンピラが倒れているのを見なかったら、はったりだと思っただろう。

「ナイフでねえ」

「俺は、ナイフ遣いだった。銃もそこそこに扱えるが、大きな仕事は全部ナイフでやってきた」

「仕事って、あんた」

「人生の幕を引く。それが俺の仕事だった。不特定多数の人生の幕をな」

「それは、殺し屋じゃないのか？」

「俺は、幕を引いただけさ。幕になる時期になっているから、俺に話が来る。俺は、黙って幕を引く。その時期でなかったら、幕なんか引けはしないんだ」

「いままでに、何人の幕を引いた？」

「さあ、二十人か三十人か、数えてみたことは一度もないな」

「ここへも、幕を引きに来たのか。たとえば、俺の人生の幕を」

「もう、その仕事はやめた」

「やめたと言えば、やめてしまえるものかね、そういう仕事は？」

「さあな。とにかく俺はやめたつもりでいる。薔薇を作ることを、仕事にした」

山南が、オックステイルの骨をしゃぶりはじめた。ワインも、いつの間にか空になった。ふだんは、ひとりで一本飲んでしまう。

「コーヒーかコニャック。それともまだワインを続けて、チーズでも食うかね」

「コーヒーがいいな。昔から、コーヒーが好きでね」

私は頷いた。それほど手間のかかる淹《い》れ方はしない。まず豆を挽《ひ》き、フィルターペーパーに盛りあげる。ちょうど三角の山になるように粉を盛るのだ。その頂点に、湯を垂らす。決して山が崩れないように湯を垂らすので、かなりの時間がかかる。ポットに受けたそれを、一度火にかける。それで終りだった。

山南は、興味深そうに、私の手もとを見つめていた。

「香りが逃げないようだな。三角の山を崩さないようにするのが、コツか？」

「ほかにも、いろんな淹れ方があるんだろう。俺のやり方は、これだ」

「俺も、そうやって淹れてみることにしよう。飲み終えるまで、ずっと受け皿を持っている癖があってね。まあどうでもいい癖だが、微妙に冷め方が違うような気がするんだ」

「殺し屋の癖ね。憶えておくよ」

テラスに出た。波の音が、すぐそばで聞えた。岬といっても、それほど高いわけではない。

山南も、受け皿ごとコーヒーを持って、テラスに出てきた。

「ここから台湾まで、どれぐらいなんだ、木野？」

「台湾へ行きたいなら、簡単だ。ただ、自分で行ってくれ。俺は知らんよ」

「近くなんだな？」

「あのバートラムなら、半日も突っ走れば着くね。むこうの領海までなら、その半分の時間だ」

「台湾の船が、よく来るのか？」

「来ない。原則としては、来ないことになっている」

「原則としてか」

「群秋生も、台湾に関心を持っているようだった」

「あの人は、なんにでも関心を持つさ。そして、なににも関心はない」

私は、煙草に火をつけた。ナイフ遣いの殺し屋の前で、コニャックを飲んでさらに酔っ払おうとは思わなかった。

「いいところだ」

「ひと晩だけならな」

「ひと晩だけでも、いいところだとは思えない。そういうところばかりだ」

「あんたが、薔薇を栽培している街は？」

「よそ者が来たら、鼻をつまみたくなるだろうな。そして、いいところだと思う人間が、ひと握りだけいる。そういう人間を相手に、あざとい商売をしている街さ」

「隣のS市は？」

言って、私は亜希子のことを思い出した。一度、行ったこともある。

「ずっと人間的だ。俺は、S市の方が好きだね」

「どうということもない、地方都市だったがね」

「だから、人間的なのさ」

コーヒーカップと受け皿を、山南はテラスのテーブルに置いた。いい風が吹いていた。島の夜は、大抵涼しい。風が吹き抜けるからだ。

「木野、おまえ、薬をやったことは？」

「ないね」

「麻なんか、自生してるって話だが」

「それを乾燥させて、煙草代りに喫《す》うやつはいるだろう。大抵は、本土から流れてきたやつだ」

「おまえも、本土組じゃないか」

「やっている、と思われても不思議はないだろうな。いくらでもチャンスはあるし。ただ、俺がやりたいと思わないだけの話だろう」

「俺は、やってみたいんだがな」

「別に、止めはせんよ」

「しかし、手に入れるルートがない」

「自生しているという話だ。俺は海ばかりで、山の中に入ったりはしないが」

「そっちじゃなく、ちゃんとした薬の方だ」

「それで、いかがわしい連中と付き合おうとしたのか。やつらと付き合ってりゃ、手に入るぜ。その商売のために、この島に来ているやつらだからな。もっとも、あんたはチンピラとトラブルを起こした。だから難しいとも言える」

「俺は、ルートを摑みたいんだよ」

「商売かね。殺し屋の次は、覚醒剤《かくせいざい》の元締でもやるか。ぴったりという気もするよ」

「おまえが知っていることを、教えろよ」

「多分、やつらが台湾から入れている。取引は海上。しかしむこうの漁船とこちらの船が入り組んでいて、保安庁もなかなか取引の現場を押さえられないでいる。レーダーには、国籍までは映りはしないしな。ヘリコの監視にも、限界はあるし」

「おまえ、俺と組んでやろうという気はないか?」

「おい、山南。俺になにを言わせようというんだ。俺は、漁師で充分だよ。危《やば》いとか危くないとかいう話以前に、俺には関心がないんだ。つまらんことだと思う」

「金は?」

「それほど、欲しいと思ったことはない」

「あまり、人間的ではないな」

「だから、こんなところで生活しているのさ」

山南が、煙草をくわえて火をつけた。麻薬に関心を持っているだけだとしたら、思った以上につまらない男だ。ただこういう会話を交わしても、それだけの男だとは私には思えなかった。

「群秋生も、麻薬に関心を持っているのか?」

「言ったろう。あの人は、すべてに関心を持っているし、すべてに関心がない。そういう人なんだ」

「麻薬中毒ということは?」

「それは、ないな。アル中ではあるが」

「のべつ、飲んでなければならないアル中というわけでもないんだろう?」

「突発的に飲みはじめて、いつまでも飲み続ける。そういう酒だ。ふだんは、ごく普通の酒飲みだね。酔って、特にどうなるというわけでもない」

山南が、煙草を消す。しばらくは、波の音に耳を傾けているようだった。リーフの内側だから、それほど大きな波は来ない。それでもたえず、波の音は聞えている。

また、山南が煙草に火をつけた。ジッポの炎で、山南の顔が束の間赤くなる。

「俺は、仕事《ヤマ》を踏むときは、禁煙したものだった」

赤い点が、闇の中でかすかに揺れた。

「このごろは、薔薇の株にむかっている時だけは、煙草を喫わないんだ」

「薔薇の株ね。手入れってのは、大変なんだろうな」

「冬のはじめから、土壌を強くするための作業をはじめる。まわりを深く掘って空気の通りをよくし、酸性を弱めるために石灰を撒《ま》いたりする。それから、根を強くするためのカリ肥料だ。大抵は、灰だがね」

私も煙草をくわえ、椅子に腰を降ろした。

「殺虫剤や殺菌剤も、そのころから撒布《さっぷ》する。新芽が出る前だと、薬害の心配もないので、かなり強い薬が撒ける。それから、肥料だ。冬の間に、力をつけさせる。そのために、剪《せん》定《てい》もきちんとやっておく」

「なるほどね」

「芽が出てからが、また大変さ。これをのばそうという芽のところから、また剪定する。その芽に、春の一番花がつく」

「面倒なもんだな。花は、自然に咲くものだと、俺は思っていたよ」

「真夏は、咲かせない。蕾がついても、摘んでしまう。秋口に軽く剪定して、花をつける芽をのばす。夏の花は、色が冴《さ》えない。それに、すぐしおれる」

「わかるような気もする」

「俺が好きなのは、その年最後の花だよ。蕾がふくらむのにも時間がかかる。夜の寒さにも耐えさせなきゃならん。そのために、夜だけ紙の袋を被せたりする。色は冴えるね。悲しくなるほど冴えて、俺は息ひとつかからないように大事に扱う。この世のものとも思えない色になるんだ」

「そういうあんたが、ナイフで人を刺していたのか」

「人間というのは、そんなもんだろうよ」

「殺し屋をやっていたころから、薔薇には関心があったのかね？」

「いや」

「薔薇の美しさに逃げこんだ？」

「それも、違うな」

　山南と私は、同時に煙草を消した。

「釣りも、面倒なことがいろいろあるようだな。ルアーのヘッドの材質や形状とか」

「釣りは、データがすべてだね。魚がいないところで、餌やルアーを流しても仕方がない。できるかぎり、というよりすべてのデータを取ることだ。毎年、同じ条件の中に魚は帰ってくる。天候が不順な時も、やはり頼みはデータだ」

「そういう作業を積みあげていくタイプだろう、と俺は思っていたよ。漁師の前は、なにをやっていた？」

「弁護士だった。仕事の中心は刑事で、食うために民事もやった」

別に、隠す必要もないことのように思えた。殺し屋だった、と山南も自分で言っているのだ。

「なにかあったんだな。法律書を捨てて、あんな本ばかり読むようになるには」

部屋の本棚を見れば、私の読書傾向はすぐにわかる。およそ、法律の世界とは縁のないものだろう。

「こんな南の島に来て、おかしなやつに会ったもんだよ。しかも、そいつが俺を尾行《つけ》回した」

低い声で、山南が笑った。

6　魚群

夜明けに、瀬名島にむかった。

晴れていて、暑くなりそうだ。ホテル『夕凪』の桟橋にサバニを舫《もや》うと、私はすぐに『レッド・デビル』の出航準備をした。山南が、ホテルのレストランから、サンドイッチとコーヒーを運ばせてきた。トレイを持っているのは、社長の野村可那子《のむらかなこ》のひとり息子だ。

「野村俊一といいます。高二で、今日は船に乗せていただきます」

陽焼《ひや》けしていて、歯の白さが目立つ少年だった。背は高いが、骨格はまだできあがっていない、という感じがある。

「一応、クルーの仕事はこなせます」

ホテルのクルーザーに乗っているのを、見たことがある。海が似合っている、としか言いようがない少年だった。

私は発電機のエンジンだけかけ、キャビンのエアコンを作動させた。サバニと較《くら》べると、贅沢《ぜいたく》なものだ。

それから三人で、アフトデッキで朝食をとった。俊一はすぐに食い終え、八十ポンドのタックルの点検をはじめた。

「ラインに、疵《きず》などありません」

当たり前だった。疵のあるところは私が切り捨て、ダブルラインを作り直したのだ。

「ドラッグは、八キロ前後に調整してある。心配はいらない。それより、ルアーのフックの先を研いでおいてくれないか」

俊一が、頷《うなず》き、キャビンから大きなルアーボックスを持ってきた。工業用のダイヤモンド入りの鑢《やすり》で、先を研ぐ。軽く爪に立ててひっかかるようになればいい。手入れはされているルアーだが、出港前に研ぐのが一番いいのだ。

七時出航と伝えてあったので、七時十分前に私はエンジンを始動させた。計器には、異状はない。うんざりするほど、完璧《かんぺき》に手入れされた船だ。本土からやってきたのなら、ネジのひとつも緩みそうなものだが、それもなかった。

七時ぴったりに、群が乗りこんできた。

「今日からは、君が選んだポイントだな」

「今日と明日で、二頭あげましょう」

「ほう」

「本来なら、自分のサバニで漁に出ている日です」

「データ派だよな。勘というものはないのか」

「データの分析結果の上に、勘があります。ただの勘というのは、偶然の幸運を待つことにすぎませんよ」

「俺は好きなんだがな、その偶然の幸運ってやつが。まあ、二日間はおまえに従おう」

俊一は、すでに桟橋でスタンバイしていた。

私はフライブリッジに昇り、俊一に合図した。舫いがはずされる。

「海面が静かです。ちょっとスピードをあげても構いませんか?」

「いいとも。全開で突っ走れ」

リーフを抜けた。少し回転をあげ、ポイントの方向にむけた。それから全開にする。二千八百回転で船体が安定した時、三十六ノット出ていた。

「すごいな。飛んでるみたいだ」

「三千まで、回さないのか？」

「二百ぐらいの余力は持たせてやる。それが、エンジンの寿命を長くするコツですよ」

かすかな震動がある。船が、ほとんど海面に浮いているような気がした。

同じ方向に走っているサバニに追いつき、追い越した。サバニはすぐに小さくなり、見えなくなった。

「三千にあげてみろ、木野」

黙って、私はスロットルレバーを押した。ゆっくりと回転があがり、三千に達した。船速は四十の少し手前だ。レーダーに、船影が出た。頭上にヘリコプターもいる。『レッド・デビル』は、明らかに異常な動きをしている船だった。それが、保安庁のレーダーで捉《とら》えられたのだろう。哨戒《しょうかい》中の巡視艇に無線が飛んだ。それで行手を塞《ふさ》いでいるというわけだった。

「この海域で、三十五ノットを超えて走ると、すぐに保安庁の出動ってことになりますね。あっという間に台湾の領海だから、当たり前だとも言えますがね。書類なんか、みんな揃《そろ》ってますよね」

「書類って、船検証の類《たぐ》いだな」

巡視艇が見えてきた。停船の信号を出している。無線も入った。私は、船速を落とした。海が静かだからなのか、ほんとうに怪しいと判断したのか、巡視艇が接舷《せつげん》してきた。海上保安官が、三名乗りこんでくる。

書類を調べた段階で、怪しい船ではないことがわかったようだ。それでも、一応は法定備品などを調べた。

「強力なエンジンを搭載していますね。これが、バートラムですか」

若い保安官が言った。年配の方は、群秋生を知っていたようだ。口調が丁寧になった。三十分で臨検は終り、巡視艇は離れていった。海上に、スピード違反などというものはない。

「この船には、銃なんかも積んであるからな。徹底的に船内を調べられたら、まずいことになっていた」

群が冗談を言った。私はまたスピードをあげ、三十四ノットで走った。

目的の海域に到着した。

流すルアーを五つ、群は用意した。八十ポンドのタックルである。しかし、ルアーのリーダーをスイベルに繋《つな》いだだけで、私は流さなかった。

「二十ノットで走ります。ここへ来れば魚探より鳥ですが、カジキの場合、単独で海面近くを泳いでいることもあります。兆候を見つけた時に、船速を落とし、ルアーを流します。

二時間かかるか、三時間かかるか、わかりません。俺はツナタワーに昇ります」

「わかった。俺たちはキャビンで昼寝でもしてるよ。とにかく、おまえの勝負なんだ、木野」

「ヒットしたら、ファイトするのは先生ですね。ハーネスを、躰《からだ》に合わせて調整しておいてください」

私は、ツナタワーに昇っていった。視界が、まるで変ってくる。アフトデッキで、ハーネスを付けてみている群が見えた。

ツナタワーのヘルムステーションには、回転計とスロットルとクラッチのレバー、それに舵輪《だりん》があるだけだった。私は、両舷を千六百で固定した。

遠くの海面まで見渡せた。こうやって走っていると、ツナタワーの意味もよくわかる。多少トップヘビーになるだろうが、カジキを狙《ねら》うのにはいい。

俊一が昇ってきて、私の横に立った。群と山南は、エアコンの利いたキャビンに入ったようだ。

「この間、でかい本マグロをあげたんですね。市場でも、話題になってました」

「運がよかっただけさ」

「カジキの本数も、トップじゃないんですか。誰も、運だけだなんて思ってませんよ。だから、漁師たちの間でも、木野さんの話題は出ません。自分たちが劣っている話にしかならないわけですから」

「おまえ、カジキをあげたことは？」

「ありません」

「おまえのとこの船にも、いいタックルが揃ってるじゃないか」

「データまで揃ってないんですよ。俺は釣りはデータだろうと思ってるんですが」

「データだよ。それ以外にはない」

「木野さん、三年でしょう？」

「三十年さ。俺は最初に、島の老人たちから、話を聞き回った。徹底してやった。過去のデータをまず作り、それに自分のデータを加えていった」

「そんなにですか」

「凝り性なんだ」

言うと、俊一が白い歯を見せて笑った。

「島の人間は、魚は天が与えてくれるものだと、達観しすぎているんですよ。ほんとは怠慢なんだってこと、木野さんの話を聞いてみればわかるな」

「おまえ、いずれ『ブラック・スワン』の船長だろう？」

「十八になったら、免許を取ります。車の免許より先に」

俊一の親父は、一年前に死んでいた。海に浮いていたのだ。新空港の用地の問題が絡んでいた、という噂《うわさ》は聞いた。ホテル『夕凪』はそれとは無関係のようだったが、詳しいことを私は知らない。

「鳥です」

一時間ほど走り回ったところで、俊一が指さした。

「あれは、駄目だ。小さなマグロがかかるぐらいだぞ」

「でも」

「白い鳥を見つけろ。海域によるが、ここじゃ白い鳥だ」

「たまに、鰹《かつお》がかかるぐらいですよ。それも小さな鰹だ」

「よく知ってるじゃないか。おまえの言う通りだが、この海域には、カジキが鰹を食いに来る。小さな、まだあまり育ってない鰹をな。だから、ここじゃ白い鳥だ」

「それも、データですね」

「ほかの海域じゃ、白い鳥は避ける」

「そうなんだ。それが釣りってやつなんだ。海域によって、そして多分気象によっても、やり方を変えなきゃいけないんですよね」

さらに、一時間ほど走り回った。

俊一が、指さした。白い鳥が、数十羽海面に突っこんでいるのが見えた。

「よし、流してこい、俊一。右のアウトリガーからだ」

滑るようにして、俊一はツナタワーの梯子《はしご》を下りていった。

ほぼ七ノットぐらいのスピードに落とした。小さな鰹が、普通に泳ぐ速さ。俊一がルアーを流しはじめると、群と山南もキャビンから出てきた。私は、五つのルアーの位置を確認し、ツナタワーを見あげている俊一に合図を送った。真中を、もっと長く。センターポールから曳《ひ》いているので、一番落差がある。

俊一が上に昇ってきた。

「鳥の動きを、よく見ろ。突っこんでる姿じゃなく、全体としてどっちにむかって移動しているかだ」

「二時の方向です」

「そうだ。だから、十二時の方向で十五ノットで走る。それから七ノットで鳥の移動している方向を斜めに横切る。いいか、これをくり返すんだ」

「斜めですか」

「魚群の前を、斜めに横切ることにもなる。自然に、ルアーを泳がせるんだ。それだけでいい」

「カジキ、いるんですか?」

「いるね」

「どこでわかります?」

「匂《にお》いだな。小魚の群れを、鰹が追っている。それをよく観察していると、匂ってくる」

「そんなに大きな魚群ではないような気がします」

「いや、大きい。鳥の突っこみ方が、一か所にかたまっていない。鰹が、方々で食おうとしているからだ」

「ということは？」

「追っている鰹の魚群も、乱れている」

「わかりました。鰹も追われている、ということですね」

「来るぞ、もうすぐ。カジキか、本マグロだ」

すでに四回、スピードをあげたり下げたりしながら、魚群の前を横切っていた。これが鰹の生き餌《え》などを使っていたら、すでに来ているはずだ。陽の光。いまは、それを背負う方向がいい。

七回目を横切ったとき、右のアウトリガーのリリースピンがはずれ、クリックが鳴った。ラインがドラッグの抵抗を受けながら出ていく間だけ、クリックは鳴る。クリック音に、途切れはなかった。瞬間の判断で、私はスロットルを全開にしていた。黒煙があがり、船が進みはじめる。右端のロッド。先端が痙攣《けいれん》するようにふるえている。クリック音も続いている。しっかりとフックさせる。ルアーでは、これが肝心だった。カジキの上下の顎《あご》は、硬い。そして、ルアーを呑《の》みこむこともない。生き餌だと、呑みこみかけた、のどのあたりのやわらかなところにフックさせられるのだ。

リールに巻いてあるラインが、半分ほどに痩《や》せてきた。八キロで調整してあるドラッグは、すでに十五キロ以上の抵抗になっているはずだ。カジキの硬い口にも、しっかりとフックしている。

「よし、俊一。ほかのルアーを巻きあげろ。右端のラインには、ふけを作らないように先生についていて貰《もら》え」

俊一が、梯子を滑り降りていく。

群が、右端のリールに手をかけた。すでにハーネスは付けている。山南と俊一が素速く残りの四本を巻き取った。

二人で、右端のロッドを抜き、ファイティングチェアの群のところに移す。ハーネスに固定され、群の全身の力で立てられたロッドの先端が、しなり、ふるえていた。

私は、フライブリッジに降りた。そこからなら、声が届く。群はファイトのやり方を心得ていて、私がギアをリバースに入れて船を後進させると、ふけを作らないように素速くラインを巻き取っていった。ひとつのリールに、ほぼ千メートルのラインが巻いてある。引き出されたのは六百メートルというところだ。船の後進に合わせて巻き取るので、カジキにはそれほど力がかからない。同じ強さで引き合っている、と感じているはずだ。二百五十メートルほどのところで、私は後進を止め、片舷ずつの、緩やかな前進にした。

群が、ポンピングをはじめる。しかし、ラインを巻き取れてはいないようだ。いくら巻いてもドラッグの抵抗をものともせず、ラインは出ていく。それは、カジキを疲れさせるために、しばらく続けなければならないことだった。かなりの経験を積んでいるのか、群は馴《な》れていた。十五分ほどポンピングを続けると、ドラッグを少しずつ締めつけはじめる。相手の力が次第に強くなっていく。魚はそう感じている。全力を出せば、ラインを引き出すことができるが、それは長く続かず、やがて瞬間的なものになっていった。私は、船を止めた。

それからの群のファイトは、堂に入ったものだった。カジキが力を出す時は、出したいだけ出させてやり、休んでいる時には引き寄せる。カジキが跳ね、かなり長いテイルウォークをした。その間のロッドの立て方、ラインの巻き方も、まったく隙《すき》がなかった。海面に出て一度空気を吸ったカジキは、はっきりとそれとわかるほど弱ってきた。またテイルウォークをしようとしたが、跳ねただけで終った。船尾に近づいてくる。私は作業用の革手袋をし、リーダーを摑《つか》み、引き寄せた。二百キロには達していない獲物だ。左手でリーダーを摑み、右手で掬《すく》いあげるようにしてギャフを打った。フライングギャフで、柄がはずれ、鉤《かぎ》が魚体に残った。鉤にはロープがついている。それを俊一に任せた。海面がカジキの血で赤くなった。さらに引き寄せ、つのを摑み、バットを短くしたようなビリークラブで、眼《め》の間を叩《たた》いた。三度で、カジキは痙攣した。

「とにかく、ビールで乾杯だ」

魚体をランディングすると、群が言った。それほど感動しているふうでもない。俊一の方が、興奮していた。

「おまえの言った通りだったな、木野」

「ルアーも、よかったんです。いい動きをしていたし、ヘッドが完全にカジキを騙《だま》したと思います」

「しかし、二百キロはいっていないな?」

「八十ポンドのラインですからね。よくあがったと言っていい」

「おまえの、最高は?」

「三百九十キロ」

「倍以上だな、こいつの」

俊一が、冷えた缶ビールを持ってくる。群と缶を触れ合わせた。

「もう一度、偶然の幸運を狙ってみないか、木野」

「いいですよ」

「じゃ、今日はこれで帰港だ」

群が言った。

私はフライブリッジに昇った。舵《かじ》を、俊一に渡す。

「巡航で行け。ホテルのアプローチまで、おまえがやってみろ」

頷き、俊一が前方に眼をやった。海はまだ穏やかで、滑るように船は走りはじめた。

7　名前

群秋生は、ホテルのバーを午後三時に開けさせた。『ハーフムーン』というバーだ。

バーテンは、年齢がよくわからない老人だった。痩せてしなびたような顔をしている。ホテルに住込んでいるらしく、ときどき見かける顔だ。

「俊一を呼べ、木野。やつにも、ビールぐらい飲ませてやれ」

「母親の許可が必要ですよ」

「そんなことを、禁止する母親だと思うか、あれが?」

「しかし」

「いま来ますよ。俺が呼んでおきました」

山南が言った。

釣ったカジキは、ホテル『夕凪』の冷凍庫に収まったようだ。血抜きもしっかりしたので、いいものになっているはずだ。

「しかし、データというのはなかなかのものだな」

生ビールのジョッキを持ちあげて、群が言った。私は、はじめからウイスキーにした。あまり汗をかきもしなかったからだ。

「しかし、データの釣りはつまらんな。意外性がない」

「商売ですから」

「商売をやってるやつってのは、もうちょっといい加減だよ。おまえのデータは、趣味だね。趣味だから、そこに嵌《はま》りこんで徹底する。つまり、マニアと呼ばれる人種だ」

「なるほど」

単純に、私は群が言うことに感心した。言われてみれば、確かにそうだ。

「趣味で金を儲《もう》けているというのは、幸福なんでしょうね、多分」

「不幸とも言える。つまり人間にとっては、趣味とは金を使うもので、儲けるものではないからだ」

「まったく、そうですね」

私はまた、群の言うことに感心した。

「ところで、先生のルアーは、みんな見事なものでした。ヘッドに金がかかっている。あれこそ、立派な趣味ですね」

「あっさりと、効果的であることが確認された。俺としては、拍子抜けだな」

俊一がやってきた。老バーテンダーは、黙ってビールのジョッキを差し出した。

「いいカジキでしたよ。料理長が、そう言っていました」

「俺じゃなく、木野に言ってやれ」

「先生の船で、先生のタックルを使って釣ったものですよ」

「木野がいなけりゃ、あんな海域で流しはしなかった」

俊一は、なんでもないようにビールを呷《あお》っていた。

「まったく、この島がな」

「どうかしたんですか？」

「いまいましい島だと言ってるんだ。俊一、おまえも好青年になりすぎているぞ。自分のどこかを、崩してみようという気にゃなれないのか？」

「ありません。あの街で、どこか崩れた人たちを見過ぎましたから」

「聞いたか、山南。当然、おまえも入っている。ソルティや波崎《はざき》もな」

「先生は、筆頭ですよ、多分」

話の内容から察すると、俊一はS市の隣にあるリゾートタウンに、一度は行ったことがあるようだった。その街のことは、よく亜希子から聞いた。とんでもなく豪華なホテルが、何軒かあるらしい。

群が、カクテルを頼んだ。同じもの、と山南も言った。二人とも、ビールは飲み干している。俊一は、三分の二ほど空けたジョッキを、テーブルに置いている。

バーテンが、シェーカーを振りはじめた。いい腕なのだろう、と見ていて思った。隙がないし、量もぴったりだ。シェーカーを振っている間だけ、老人は老人に見えなかった。

「いいね」

口に運んだ群が、ちょっと眼を閉じて言った。

「人生の、哀《かな》しさやほろ苦さも、うまい具合にカクテルされている。群先生なら、そんなふうに表現しそうですね」

「比喩《ひゆ》は、それを使う人間によって、陳腐にも秀逸にもなる、と言っておくぞ、山南」

「それだって、陳腐ですね、先生」

「お互いに、陸酔《おか》いかな」

俊一がビールを飲み干していた。私の水割りは、調合の具合が完璧だった。こういうものは、ウイスキーの量が多すぎると、とたんにつまらない飲物になる。

「祝杯はあげた。もういいぞ、俊一。明日は、学校なんだろう」

「その前に、市場です。それから、学校ですね。魚臭いって、みんなにいやがられます」

「市場っての、そんなに早いのか？」

「四時です。午後に戻ってくる船のものは、夕方競《セリ》にかけます。こっちはマグロなんかで、本土へ運ぶものが多いですね」

俊一が立ちあがり、礼儀正しく頭を下げ、バーを出ていった。

「どうかね、あの社長の坊っちゃんは？」

群が、バーテンにむかって言う。

「酒の味を覚えるのは、これからでございますね」

「社長は、酒の方は？」

「そこそこには。ここで飲むのは、大抵はお客様のお相手でございますから」

「青野《あおの》さんだね。東京には何年だい？」

バーテンの胸のネームプレートを見て、群が言う。

「忘れました」

「四十年というところかな。それもホテルのバー専門に」

勝手にそう決めつけ、群が笑った。

男がひとり、バーに入ってきた。営業時間ではないと言ったところで、三人も客が飲んでいれば、あっさり出てはいかないかもしれない、と私は思った。

青野の断りの言葉を聞いても、やはり出ていかなかった。酒が飲みたいのではなく、山南に用事があったようだ。

「ここで話せよ、山南」

腰をあげかかった山南の腕を、群が押さえた。あまり見かけない顔だった。

「はじめからぶち毀《こわ》す気で、あんたはこの島へ来たのかね？」

男の口調は、硬くもやわらかくもなかった。強いて言えば、ちょっとうんざりしたような響きが籠《こ》められていた。山南は、黙って男を見つめていた。

「どうも、俺にはそんなふうにしか見えないんだがね」

「俺はただ、釣りのお供で来ただけさ」

「それにしちゃ、釣り以外のことをやってるね」

「いまだって、酒を飲んでいる。船から降りたら、釣りはしない。当たり前だろう」

「やれやれ。話の接点はなしか」

「突っ立ってないで、座って一杯やらんかね？」

群が言った。弾《はじ》かれたように、山南が群の方に顔をむけた。男が、かすかに頷く。まだ、四十にはなっていないだろう。

「作家の、群秋生先生ですね。失礼させていただきます。私は、黒沢《くろさわ》と申しまして、沖縄本島で、物産を扱う仕事をしております。いまは、瀬名支社に出張中というわけで」

黒沢と名乗った男は、山南とむかい合うようにして腰を降ろすと、煙草《たばこ》をくわえた。

「最初にぶち毀すと言っていたが、あれはなにをぶち毀すんだね」

「私の会社の仕事をですよ。実は、瀬名島に支社を作ったのには、いろいろな意味がありましてね。台湾から、漢方の材料を入れた。それが意外にうまくいきましてね。薬事法があるので、無論薬として入れたわけではありませんよ。しかし、うまくいった。台湾で採れるものなら、瀬名諸島でも採れるのではないかと思うのは、人情でしょう。それほど気候は変らないんですから」

「その支社を、山南がぶち毀そうとしているわけか」

「覚醒剤《かくせいざい》を扱っているとか言ってね。はじめは、漢方の原料の買いつけのような口ぶりだったそうですが」

「途中から、覚醒剤と言いはじめたわけか」

「そんなもの、売れませんからね」

「売れるさ。人間に麻薬はつきものだろう。ということは誰かが売っているということだね」

「それが私である、と決めつけられても困るわけです」

「そのあたりは、決めつけているやつと話をつけるんだな」

「そのつもりで来たんです。船が戻っているのも、見えましたのでね」

黒沢は、水割りと青野にむかって言った。青野は頷き、手早く水割りを作った。

「俺は、釣りのお供だよ、黒沢さん。漢方には確かに興味を持っているが、あんたのところから買おうという気にはなれんね」

「俺のところから買おうと買うまいと、それは勝手だ。言いがかりをつけて、商売の邪魔をしてもらいたくないだけでね」

「言いがかりじゃない」

山南が、にやりと笑った。

「俺はただ、訊《き》いて回っただけだよ。そうしたら、おかしなのが三人襲ってきた。当然、身は守る。ちょっと荒っぽかったかもしれんが、やり方を変えようとは思っていない」

「やっぱり、接点はなしか。断っておきますが、襲った三人は私と無関係でね。無論、うちの支社とも」

「うまくやっている、ということはわかった。多分、どこからもあんたには繋がらないんだろうな、黒沢さん。それでも俺は、あんたを潰《つぶ》すよ。それで、S市へ入ってくる覚醒剤のルートはなくなる」

「S市ね。漢方の市場としても、それほどのものじゃない。勿論《もちろん》、黒沢商事も支社など持ってはいない。俺を潰すと言ったが、あんたにそんな方法はなにもないんだよ」

「S市の小山《こやま》のグループは、いずれ尻尾《しっぽ》を出す。そこから手繰れば、あんたに行き着くさ。それが、あんたの弱点でもある。と俺は思っている」

黒沢は、黙って水割りを口に運んだ。群は、興味深そうに二人の話を聞いていた。

私は、緊張していた。S市の小山。こんなところで、その名を聞くとは思わなかった。

ふと気づくと、二人にむけられていた群の視線が、いつの間にか私にむいていた。眼が合うと、群はにやりと笑った。

「うまいね、ここの水割りは。群先生は、カクテルですか？」

「俺がこんなものを飲むのはめずらしいんだが、青野さんがどんなふうにシェーカーを振るか、見てみたいと思ってね。見事なものだった」

「シェーカーの振り方は、ある種の芸みたいなところがありますからね。私も水商売に手を出したことがあるんですが、腕のいいバーテンだけは、なかなか見つからなかった。さすがに、ホテル『夕凪』ですね」

「俺も、このバーの棚の酒を見た時、なかなかのものだと思った。飾りのように酒を並べているわけではないし、かといって、なにか不足なものがあるわけでもない。充分にバーの機能を果すだけの酒が、さりげなく並べられている」

「そこまで、私にはわかりませんが」

時間をかけて水割りを飲み干すと、黒沢は腰をあげた。

「御馳走《ごちそう》になってよろしいですか、先生。群秋生に酒を奢《おご》られたというのは、自慢に値しますからね」

「山南との話は、もういいのかね？」

「接点が、なさそうですからね。話しても無駄だということだけは、わかりました」

黒沢が出ていくと、群は青野に水割りを頼んだ。私も、もう一杯水割りを頼んだ。山南は、煙草の煙を天井に吹きあげている。

「事情を説明した方がいいですか、先生？」

「いや。説明できる事情なんてものに、俺は大して関心がない」

「なら、俺はやりたいことを、やりたいようにやらせてもらいます」

「おまえは、はじめからそうしていただろう、山南」

「そうでしたね。ただ、釣りの付き合いはしましたよ」

「いやいやだったとは言わせないぞ。おまえも、結構入れこんでいた」

「台湾の、領海の近くまで行ってみませんか、先生。小説のネタになるようなことがあるかもしれませんよ」

「ないな」

「まあ、先生を決して巻きこまない、とソルティに約束させられましたからね」

「ソルティも、余計なことを言う。俺は、ほんとうは巻きこまれるのが大好きでね。ただ、いま巻きこまれようという気がないだけだ。巻きこまれたがっているやつが、ほかにいそうだからな」

「木野が、ですか？」

「そんな顔をしていたよ」

私は、群から顔をそらし、煙草をくわえた。

運ばれてきた水割りを飲み干すと、私はバーを出て、桟橋の方へ歩いた。

真水の管が桟橋のところまで来ていて、長いホースが付いている。私は『レッド・デビル』に、水をかけはじめた。外洋を走ったあとは、水をかけた方がいい。早いうちなら、固まった塩も洗い流せる。

山南がやってきて、船を洗っている私を眺めはじめた。私はコックピットのビニールオーニングに、念入りに水をかけた。

「巻きこまれたいだと、おまえが。どうしてなんだ。俺を尾行《つけ》たのも、巻きこまれたいからなのか？」

「手伝えよ、山南」

「はっきり答えろ。おまえ、先生になにか言ったのか？」

「なにも」

「じゃ、なぜだ？」

私が黙っていると、山南はアフトデッキに乗りこんできた。

「どういうつもりなんだ、木野」

私は、まだキャビンの窓のあたりに水をかけ続けていた。山南が、ファイティングチェアに腰を降ろし、煙草に火をつける。

「俺は、面白半分に首を突っこまれたくはないんだよ、木野」

「尾行たのは、いかがわしい連中と一緒だったからだ。心配したわけさ。巻きこまれるつもりなら、三人に襲われた時に、俺は出ていった」

「先生は、おまえが巻きこまれたがっている、と言った。適当なことを言っているようで、意外に当たるんだよ、あの先生が言うことは。何度も、驚かされたもんだ」

「S市の小山。そう言ったな、おまえ」

「言ったよ、確かに」

「そいつは、小山裕《ひろし》って名前か。年齢は、二十七、八歳?」

「そうだ。小山裕だ」

私は、顔に水をかけた。

「フルネームを知ってる。つまり、小山と関《かか》わりがあるということだな」

「おまえの口から小山と聞くまで、俺には関係ないことだと思ってたよ」

「おかしなことになったもんだ。おまえが、俺の邪魔をしそうな気がする」

「どうする?」

「殺すね」

「だろうな」

「小山と、どういう関係なんだ」

私は黙っていた。小山亜希子。裕は弟になる。

桟橋に戻り、水を止めた。ホースを巻き、それから煙草をくわえる。

「小山裕が、覚醒剤に関っているのか、山南？」

「関っているよ、かなり深く」

「組織でも作っているのか？」

「さあな」

「どんなふうに、関っている？」

「いまのおまえに、俺が本当のことを言うと思うか」

「まあいい」

「おまえは、俺の敵だ、木野。正体がはっきりしない人間は、敵と思うことにしている」

「昔の商売が商売だからな」

「いまは、薔薇《ばら》作りさ」

私は、自分のサバニに乗りこみ、エンジンをかけた。舫いを解き、桟橋を離れる。

立って見送っている山南の姿が、少しずつ小さくなっていった。

8　ルート

偶然の幸運を狙った群のトライは、二日続けて失敗した。二日目は、午後になるともう戻ろうと群は言いはじめた。

私に言わせると、群は海図に頼りすぎる。根があるところに小魚が集まり、それを食いに大きな魚が来て、同じようにさらに大きな魚が来る。頭の中には、食物連鎖という言葉しかなく、それを頼りに海図を検討する。

この海域は、プランクトンが豊富だった。そして、潮流が強い。プランクトンを追う小魚の群は、ほとんど根からはずれて、深い海域を泳いでいる。

言えば群にデータを与えることになるので、私は黙っていた。海図だけを頼りにして、あとは偶然の僥倖《ぎようこう》をひたすら待つ。そういう釣りを群はしたがっているようだった。

私は、船の水洗いを済ませると、ホテル『夕凪』のライトバンを借りて、街へ行った。ジャンボ釣りの道具を揃えてくれ、と群に頼まれたのだ。長い竹竿《たけざお》の先から流すものだが、『レッド・デビル』はツナタワーのヘルムステーションから短めのセンターリガーを立てているので、それで充分だった。

ジャンボ釣りは、沖縄の漁師がやる漁法で、一メートルを超える巨大なヒコーキと呼ばれる集音漁具を流す。普通のトローリングでもヒコーキは流すが、それは鰯《いわし》が追われているような水音をたてるためで、ルアーや餌《えさ》はその後ろに流している。ジャンボは、最後尾に流すヒコーキだった。ラインが海面に接しないように流すから、角度が必要になり、高いところから流すのだ。ルアーはラインの途中からぶら下げ、海面を走るようにする。つまり、大きな魚が小魚を追っている、という状態を作るのだ。

私は、その漁法はやらなかった。サバニに長い竿を立てると、安定が悪くなると考えたからだ。沖縄の漁法といっても、やるのは本土のものと同じ恰好《かっこう》をした漁船だった。ヒコーキは翼があって飛行機に似ているので、そう呼ばれている。ジャンボは、それのでかいやつだ。翼が水を切る音で魚を呼ぶのだが、どんなものでもいいというわけではなかった。翼の長さで音に変化が出る。魚に合わせて、翼の長さを調節してあるのだ。群がジャンボ釣りなどと言いはじめたのは、ただの気紛《きまぐ》れだろう。私がやると思ったのかもしれない。

私は、あまり馴染《なじ》みのない漁具屋へ行き、ジャンボと専用のロープを買った。ショックコードも必要だった。ルアーは、自分で計算して表面を流れるように付ければいい。

「ほう、本マグロ専門にやるんかい？」

漁具店の主人は私のことを知っていて、そう言った。ジャンボは、本マグロ用だった。ほかの大きな魚が追っている獲物に、横から食らいつく。見かけはともかく、カジキよりは戦闘的な魚だった。

「あんたが本マグロを次々にあげたら、島の漁師はいやな顔をするだろうな」

「ないね、そんなことは」

私には、本マグロのデータはあまりなかった。本マグロは、海から札束を釣りあげるようなものだから、誰も釣った場所を語りたがらない。偶然に自分で釣ったデータが、ノートに数頁《ページ》あるだけだった。

「もっといい船を、もっと安くあんたに貸したいという人もいるんだがな。というより、獲《と》れた魚を、持主と歩合で分ける。損にはならないはずだよ」

「いままで、充分でね」

「まあいいやな。ジャンボの成果を見せてもらおうか」

「俺が使うんじゃない。本土からのお客さんが、やってみたがっているんだ」

「ああ、本土からクルーザーで来たっていう、小説家か。もの好きなもんだ。この島にも、クルーザーがねえってわけじゃないのに」

「まあ、金持ちの考えることだからな」

私が言うと、主人が笑った。

さすがにジャンボは巨大で、重たかった。安定させるために、腹の方には鉛が付けてあるのだ。それをライトバンの荷台に積みこむと、私は街の中心街の方へむかった。

黒沢商事は、一階が酒場になったビルの三階にあった。

入っていくと、男がひとり腰をあげた。別に柄は悪くないし、応対が失礼でもなかった。

「黒沢さんは?」

「どういう御用件でしょうか?」

「山南のことで、と伝えてくれ」

「それで、どちら様でしょう」

「小山という者《もん》だ」

言っても、男の表情は動かなかった。

「小山さんが、山南さんのことで、社長に会いたがっておられる、と伝えればいいんですね」

「いいよ。こっちへ来てもらえ」

衝立《ついたて》のむこうから、声がした。

応接セットがあり、黒沢がひとりで腰を降ろしていた。テーブルには、書類が拡《ひろ》がっている。

「どういう気だね、小山なんて名乗って。あんたは、阿加島で漁師をやってる、東京の人だろう?」

「小山裕なら、知らない名前でもないだろうと思ってね」

「知らんね」

「俺はいろいろ知ってるよ。山南がこの島に来てから付き合った連中が、結構足のいい漁船を持っていて、その漁船がしばしば台湾の漁船と洋上で会っていることもな」

「どういう意味だね、それは?」

「柄の悪い連中が、この島にいる。本土から来て、商売してる連中さ。薬を売ってるって評判もある。その連中と、この島の漁師がひとり絡んでる。大して腕もよくない漁師だが、何年か前にいい船を買った。実は連中の船さ」

「だから？」

「俺は、知ってるのさ。知ってることだけ、あんたに教えておこうと思ってね」

「知ってるから、なんだというんだね？」

「山南には、教えていない」

　私は実際、山南が会っていた柄の悪い連中が、漁船に乗っているのを何度か見ていた。台湾の領海に近くはないが、台湾の船がよく密漁をしているという噂のある海域だった。原則として、こちらの領海で台湾の船が漁をしてはならないことになっているが、漁師同士ではお互いさまというところがあった。時化《しけ》の時など、こちらの船が台湾の漁港に避難することも少なくないのだ。波や風の方向によっては、台湾に避難する方が安全なこともある。その逆のこともある。

　保安庁は、避難してきた台湾漁船を、よく臨検している。海上でも、不審な走り方をする船はレーダーで捕捉《ほそく》されて臨検されるし、監視のヘリコプターを飛ばしてもいた。しかし、そんなものでは追いつかないのが実情だった。

「どこの海域で会っているか、教えてやろうか？」

　そこは、私のカジキのポイントのひとつだった。台湾の領海からはかなり離れている。

領土問題が起きている島とも、反対の方角にある。広い海には盲点も多いが、レーダーで船影を捕捉されても、そこはノーマークだろう。ヘリコプターも飛んでいない。

「なにが目的なんだね、ええと」

「木野健《けん》」

「金になるとでも思ったのかね、木野さん？」

「なるね」

「柄の悪いという連中が、黒沢商事とどういう関係がある？」

「黒沢商事なんて、俺は知らん。あんたと連中は、関係なんてもんじゃなく、一体だね。とにかく、いまのところは山南には黙っていよう。いくらぐらいなら払えるのか、一日考えてみてくれないか。返事は、明日のこの時間」

「馬鹿馬鹿しい。なにを言ってるんだ」

黒沢が煙草に火をつけた。見つめてくる眼は、穏やかではなくなっていた。

「漁師を馬鹿にしないことだ、黒沢さん。あの海域でなにが釣れるか、俺はよく知っているよ。そして連中の漁船が、魚を実際に獲っているかどうかもな。擦れ違ったのが、男か女かとわかる以上に、よくわかる」

「知らんよ、そんな船は」

「心配しなくても、保安庁に売るような真似《まね》はしないさ」

構わずに、私は続けた。

「多分、ルートってやつなんだろうからな。そんなのを欲しがってる連中は、本土にはいくらでもいる。そいつらなら、情報が確かなら間違いなく金をくれる。そして、あんたを消して、ルートを自分のものにするわけだ」

「帰れよ、もう」

「帰るよ。俺は、群秋生という男に、船長として雇われているだけの男だ。山南とは、なんの利害関係もない。もうひとつ断っておくが、S市の小山裕のグループと抱き合わせで売れる。わかってるね。販売ルートまでついた情報なんだ」

「まったく、つまらんことを」

黒沢がそう言った時、私は立ちあがっていた。最初に応対した社員らしい男が、びっくりしたような表情で私を見ていた。支社長と社員がひとり。その程度の支社らしい、と私は見当をつけた。

外へ出ると、私は千夜街《せんや》と呼ばれる、ホテルが集まった地域へ行った。ほとんどラブホテルだが、女の子を抱えているところが多い。いなくても、呼べる。私は月に二度か三度、そこへ行って欲求の処理をしていた。一時間で、一万円という値段である。この三年で、三人の女と馴染みになっていた。

恵子《けいこ》という名の女がいる、ホテルに入った。そこへ行けば、呼ばなくても恵子がやってくる。千夜街のホテルに、島出身の女はいなかった。本島か、あるいはもっと遠いところから流れてきた女ばかりだ。狭い島なのである。ただ、恵子はこの島に長かった。十年近くになるはずだ。

まだ陽は高くて、普段着で現われた恵子は、化粧もしていなかった。三十七だというが、四十をとうに過ぎているように見える。諦《あきら》めきったようなものうさが、私は嫌いではなかった。

「立花屋《たちばなや》の連中は、ここへ遊びに来たりするのか？」

一度抱き、冷蔵庫から出したビールを飲みながら、私は言った。立花屋というのは、山南が会っていた、いかがわしい連中がやっている店のことだ。店構えは小さいが、頼むと酒から日用雑貨、電器製品、車まで安く売るという噂だった。故買屋だという可能性は考えられる。本土か本島から持ちこんでいるに違いないのだ。ただ、それは本業ではないはずだ。

「あんた覚醒剤《シャブ》でもやろうっての？」

「悪いか？」

「覚醒剤《シャブ》使って、イカせたい女ができたわけじゃないだろう。あれは、女がよくて、男はそれを見て喜ぶだけよ」

「使ってやろうか」

「いいね。最後に使われたの、もう何年前だったかな。そんな昔なのに、あの味は忘れないね。あたしみたいな商売の女が常用すると、死ぬよ。天井の節穴数えながら、よがり声だけは出せるようにならなきゃ」

「ひどいな。こんなに馴染んでも、おまえまだそうなのか」

「仕事。あんたが気持よけりゃ、それでいいんだろうが」

裸で胡座《あぐら》をかいて煙草を喫《す》っていた恵子が、私のビールに手をのばした。

「やつら、覚醒剤《シャブ》も回してくるんだな」

「ありゃ、小遣い稼ぎだね。こんな島でシャブ中作ったって、高が知れてるでしょうが。だけど、小金にゃなるだろうから」

黒沢が台湾から入れている荷。その実行部隊が、ちょっとばかりポケットに捻《ね》じこむことは、充分に考えられた。

なんとなく、見えてきた。この島が中継点になっているという噂も、嘘《うそ》ではなさそうだ。この島にも一応暴力組織はあるが、飲み屋のかすりや、観光客相手の商売で、覚醒剤には手を出していない。小さな島では、危険すぎるのだろう。

連中と黒沢商事の繋がりを、どうやって摑むかだった。ほかのことは、ほぼ読めてきた。読めていないのは、S市の方だ。

「ねえ、健ちゃん、もう一発やるんだろう。時間ないよ。いくら馴染みでも、十分以上のばしたら、ここの婆《ばあ》さん、追加料金を取ると思うよ」

金は、ホテルの経営者に払うことになっていた。恵子が、私の払う金の中からいくら貰っているのか、考えたことはない。

「もういいや、今日は」

「あら、あんたに見限られたら、あたしもおしまいじゃないのさ。喜ばせてやるから、もう一発やっていきな」

「いいんだ。そういうことじゃなくて、用事を思い出しちまった」

二千円恵子に握らせて、私はホテルを出た。

駐車場へ行き、ライトバンに乗りこむ間、なんとなく警戒はしていたが、誰か近づいてくることはなかった。

ホテル『夕凪』に戻る。

ジャンボ釣りの仕掛けを、『レッド・デビル』のアフトデッキで作り、収納した。ルアーを海面に三つ流す。船速は八ノットとして、三つのルアーのリーダーの長さは、実際に流しながら調整するしかなかった。

「明日はオフだ、木野。この島を回ってみたくなった」

群秋生が、桟橋を歩いてきて言った。山南の姿は見当たらない。

「ジャンボ釣りは、明後日《あさって》ですね」

「気がむけばだ」

「俺が、やってみたくなりました。サバニじゃ、あれはちょっと無理ですし」

「ほう、お前が関心を持ったなら、ぜひやってみようじゃないか。海域は、俺が選ぶがな」

私は笑った。海図を見ないで選んでほしかったが、それは言わなかった。

サバニのエンジンをかける。群が、興味深そうに桟橋から覗《のぞ》きこんでいた。

東南アジアの漁船に似ているという気もするが、この船体はそれなりに、このあたりの海況に合ってはいるのだった。

「じゃ、明後日の朝は、来ていますので」

舫いを解き、私は言った。

この時間なら、帰って料理ができる。食後に星を眺めながら、コニャックを舐《な》めていることもできる。しかし私は、そうしようとは思っていなかった。いや、料理はするかもしれない。それは食うためでなく、考えるためだ。なにか考えながら食い物を作る。私の料理は、そこからはじまったのだ。

平穏ではないにしても、時化《しけ》た海ではなかった。阿加島が遠くに見えている。視界もいいということだ。阿加島までは、途中に島が二つあるが、眼をつぶっていてもかわせる。風で立った波だから、細かく、すぐに砕けて飛沫《しぶき》をあげる。

カーチバイと呼ばれる風だった。夏の前に必ず吹く。私はこの風が好きだった。それでも、いまは風を愉《たの》しむ気にもなれない。

考えることが、多くあるわけではなかった。ひとつだけ、決めればいいのだ。私が、まだ亜希子を忘れていないかどうか。忘れていないから、そのためになにかやるかどうか。記憶の問題ではなかった。亜希子についての記憶が、消えることはないだろう。気持の問題なのだ。

気持の中から亜希子を追い出すために、私はこの南の島まで来ていたのではなかったのか。

二十分ほど走ったところで、私は後方に小さな船影を認めた。どこかの島へ帰る漁師の船だろうと思ったが、ちょっと気になった。ほかに、船影がないわけではない。島を結ぶフェリーは、白波を蹴《け》立《た》てながら突っ走っている。サバニの姿もあった。

後方の船影が、大きくなってきた。

かなりのスピードだ。それでも、私はあまり気にしなかった。どこかの島へ入るのだろう、と思った。阿加島には、あんなスピードで走れる船どころか、普通の漁船もない。サバニだけだ。

いやな気がしてきたのは、最初の島をかわすために、大きく東へ舵を切った時だ。真北に阿加島は見えているが、リーフが何キロも東にむかってのびているのだ。

白い船影も、方向を変えていた。

いやな気分が、抑えきれないものになってきた。私は舵を北へ戻し、思いきってスピードを落とした。

9 電話

眼の前に、島が迫っていた。

後方の白い船影は、連中だった。連中の船なら、納得もできる。三十二ノットは出ているのだ。そして、私を追っているのだということも、はっきりわかった。

私は、リーフ沿いにしばらく走った。島のこちら側に、入れる港はない。

ただ、リーフを突っ切ることができる。そういう場所があることを、私は阿加島から瀬名島の病院へ、病気の赤ん坊を運んだ時に知った。島の古老が、ひとり乗ってきて、その水路を教えてくれたのだ。腰が曲がり、ほとんど眼が見えていないのではないかと思ったが、記憶ははっきりしていた。老人が言う通りにサバニを進めると、リーフを見事に突っ切ることができたのだった。二年前のことだ。

満潮で、ようやく突っ切れる。その程度の深度だった。ただ、あの時は、老人と、母親と赤ん坊と、かなりの漁具を積んでいた。いまは、私ひとりだ。

上げ七分というところだった。

連中がなにをするつもりなのか、はっきりはわからないが、私を追いかけてきたことは確かだった。船をぶっつける。海上でなら、それが一番考えられた。あの漁船に高速で突っ込まれたら、サバニはひとたまりもない。

それとも、私を捕まえようという気なのか。ほんとうに喋《しゃべ》れなくしてしまうには、殺すしかない。

それでも、私は慌ててはいなかった。ここはリーフのそばで、たとえ海に放《ほう》り出されたとしても、リーフの中に逃げこむことはできる。

黒沢に会った効果がすでに出てきた、と私は思った。

連中の船が、さらに近づいてきた。舳先《へさき》に二人立って、こちらを見ている。いや、違った。た。ひとりがライフルを構えているのだ。

お互いに、揺れている船だった。命中する確率がどれぐらいあるのか、私は考えた。よくわからなかった。ただ、連中がやろうとしているのは、私を捕えようなどという、なまやさしいことでないのは確かだ。

私は、リーフの水路を探した。上げ七分。これ以上、時間を稼ぐことはできない。賭《か》けてみるしかなかった。満潮になったとしても、連中の船ではリーフを横切ることなど不可能だ。リーフを迂回《うかい》していたら、間違いなく追いつかれていた。ツキは、私の方にあるはずだ。

スピードを、さらに落とした。リーフ。白く泡立っている。その泡が途切れたところ。乗り入れる。あの時より、船は軽い。その分だけ、吃水《きっすい》も浅くなっている。自分にそう言い聞かせながら、しかし同時に私は船底の衝撃を待っていた。衝撃音があった。遠い。船は衝撃を受けていない。

リーフの中に入っていた。暗礁はいくらでもある。左斜め後方から陽が射していた。海面で反射した光は、私の方へは来ない。海の中が、よく見えるのだ。これも、私のツキだった。

二年前とは逆のコース。私は、それにだけ意識を集中した。顎の先から、汗が滴り落ちている。なんとか、反対側のリーフの縁にまで辿《たど》りついた。外海との水路。見えた。私は、真直《まっす》ぐにそちらへ舳先をむけた。不意に、船体が揺れはじめる。私は、リーフの外に出ていた。

エンジンを全開にする。もうひとつの島のリーフは、かわすほどのびていない。阿加島は正面だった。

連中の船は、リーフの縁を東にむかって突っ走っていた。数キロ先を、迂回しなければ私を追えない。そのつもりのようだが、私が阿加島に到着する方が先だ。阿加島の水路には浮標《ブイ》ひとつないから、よほど馴れていないかぎり、進入は無理だった。

レーダーででも判断したのか、連中の船は途中で引き返しはじめた。私は、煙草に火をつけた。スチール製の空缶を、船縁《ふなべり》にとりつけてある。灰皿代りだ。吸殻だけは、海に捨てない。それは、群の船も徹底していた。

衝撃音がなんだったのか、私は思い出そうとした。空気が弾けたような音だった。ライフルを発射したのだろうか。少なくとも、二度聞えた。そして、こちらの船体にはなんのショックもなかった。

阿加島の水路に入った。

私はいつもの場所に船を舫い、水に入って船を一周した。どこにも、弾痕《だんこん》らしいものは残っていなかった。

小屋へ帰った。

まずシャワーを使った。太陽熱の温水は、この季節には熱いほどになる。

晒《さらし》に包んだステーキ用の肉が、冷蔵庫にある。面倒な料理をしようという気が起きなかった。肉を厚く切り、にが瓜《ゴーヤ》をスライスし、自分で漬けこんだピクルスを何種類か出した。手早く肉を焼き、ゴーヤを炒《いた》める。それにフランスパンとワインの食事で済ませた。

外は、まだ明るかった。陽はずいぶん長くなったのだ。

ワインの残りと、パルメジャーノチーズをひと塊り持ち、私はテラスの椅子《いす》に腰を降ろした。暮れていく海。悪くない、といつもなら思うのだろう。

私は、ワインで口の中のチーズを胃に流しこんだ。

考えているのは、亜希子のことだ。考えまいとしても、いつの間にか顔が浮かんできてしまっている。

亜希子との結婚生活は一年で、その死で終った。

私は、闇《やみ》の金融業者から被害を受けた、工場主の訴訟を担当していた。その工場主が、約束の三倍の利子を取り立てられている、という事件だった。問題は、工場主がその利子を認めたかどうかで、借用証の記載は貸した方の主張通りになっていたのだ。普通なら、訴訟にしにくいケースだった。

私がそれを引き受けたのは、同じ業者で、同様の手口が五件連続していたからだ。四件は、すでに家や土地などの担保物件を取られていた。

私は、前の四件から、細かく調べあげていった。借用証は、事前にではなく事後にすべてが作成されていた。つまり、金を先に渡したということだ。だからといって、利子を確認しない者などいない。四人とも、利子は確認していた。それなのに、いつの間にかそれは三倍になり、どう抗弁しようとそれだけ取り立てている。返済できなければ、複利で借金の額が増える。

それほど複雑でもない、詐欺だった。物証はないが、状況証拠は集められる。

四人が訴訟を諦めたのは、脅迫があったからだ。私の依頼人には、家族といえば老いた母親がひとりいるだけだった。そして、その母親の方が、訴訟に積極的だったのだ。

私は、前の四件のものも含めて、集められるだけの証拠を集めた。私にとっては、経済的に条件のいい話というわけではなかった。私はただ、意地になっていたのだろう。集めた証拠を検察庁に提出して、刑事事件にするつもりでいた。

亜希子に対する嫌がらせがはじまったのは、そういう時だ。民事で争うなら、詐欺があばかれそうになったら、示談に持ちこめばいい。利子はいらないという条件でも出せば、誰でも喜ぶはずだ。事実、私があまり執拗《しつよう》なら、法定のものにまで利子を下げてもいい、という態度は示しはじめていた。そこで刑事告訴までいくとは、予想していなかっただろう。

依頼人の母親が、私の意見に賛同して、まず強硬になった。依頼人は、それに引《ひ》き摺《ず》られた。つまり、依頼人母子には、脅迫がほとんど通用しなかったのだ。嫌がらせは、私の方に来た。私だけではなく、亜希子にも来た。懐柔も来た。刑事告訴を見合わせれば、それなりの金を私に払うというのだ。

決して、豊かな弁護士ではなかった。若いころに、それほど金を儲けることもない、とも思っていた。

最後《さいご》通牒《つうちょう》のようなものが相手方から来た時も、私は大したことだとは受け取らなかった。正義感に燃えていたわけではない。私は、裁判を闘争だと考えているところがあって、最後通牒でいっそう闘争本能が燃えてしまったということだったのだろう。

亜希子が音《ね》をあげたが、耐えろとだけ私は言った。刑事告訴にできるかどうかの瀬戸際で、私の眼は亜希子にむいていなかった。

信じられないような交通事故で亜希子が死んだのは、私が耐えろと言った翌日だった。単純な事件だった。居眠り運転のトラックが、かなりの高速で反対車線に飛び出し、狙ったように亜希子の車に衝突したのだ。居眠り運転だから、ブレーキさえ踏まず、四、五十メートル亜希子の車を引き摺り、ビルの壁にぶつかって停《と》まった。

運転手は、業務上過失致死で、数年の実刑を食らった。

殺されたという思いと、おかしな時に事故が重なったのだという思いが、交錯した。相手の運転手は、実直そうな中年男だった。その事故を起こすことで金を得たとはどうしても思えず、事実その後は、家族が悲惨な状態になった。

私は、活動を続けた。

私が集めた証拠を、検察は採用し、強制捜査に踏み切った。その結果は、唖然《あぜん》とするほどの余罪の出現だった。そして、私の手から離れた。

亜希子の死を、私が嚙《か》みしめはじめたのは、その時からだった。

殺されたのかもしれなければ、事故死だったのかもしれなかった。そんなことは、もうどうでもよくなっていた。亜希子がいない。その不在の感覚が、夜毎《よごと》私を苛《さいな》んだ。永久の不在である。

それまで、大きなものを失うという経験を、私はしたことがなかった。両親や、兄や妹もいて、いずれも社会的に恥ずかしくない仕事をしている。

亜希子が死んでから、私は家族の愛情の中に保護され、癒《いや》されはじめた。癒《い》えていく自分が、たまらなかった。私が、南の島にひとりでやってきたのは、そのたまらなさによるところが、一番大きかったのだろうと思う。理屈はいろいろつけられたが、暖かさの中からも、私は多分、ただ逃げ出したのだ。

ワインは、もう空っぽだった。ひとかけらのパルメジャーノだけが残っている。

陽が落ち、闇が深くなっていた。

私は小屋に入り、明りをつけた。

音楽をかけてみる。それは耳には入ってくるが、ほんとうに聴えてはいなかった。波の音も、同じだ。

亜希子を失うことで、亜希子以外のなにかも失った、と私は思った。それは、いまになって感じられることだった。私は、どこかで踏みとどまるべきだったのだ。自分の傷に、まるで酔うような生き方をすべきではなかったのだ。

三年経《た》ってからそう考えるのは、もう遅すぎるのだろうか。小山という名を耳にしなかったら、十年経っても私は考えはしなかっただろう。

電話が鳴った。執拗に鳴り続けている。

「黒沢だがね」

十数度のコールで受話器を取ると、低い声が流れてきた。

「俺に、なにか話でもあるのかね？」

「別に。御機嫌はどうかと思ってね」

「まああってとこだよ」

「俺は、夕めしを食いながら、あんたのことを考えていてね。どこかで会ったことがある。そんな気がしていたんだ。友だちにいたよ。別に顔が似てるわけじゃないが、そっくりだと思える友だちが、十二年前にいた」

「過去形で言ってるね」

「死んだからな」

「どうせ、殺されたんだろう」

「なぜ、そう思う？」

「俺に似てりゃ、そんな死にざまがぴったりだ」

「俺は、その友だちが、嫌いじゃなかった。むしろ、好きだったと言っていい。つまらんことで死んだ、と思ったもんだよ」

「やんわりと脅してくるじゃないか、黒沢さん」

「おかしなことは、言わないでくれ。俺はただ、話をしている」

法律に触れない、微妙な言い回し。そういう言葉ばかり使っている人間がいる。どこか卑しくなるが、黒沢にはそういうところがなかった。

「あんた、なにをなくした？」

「いきなり訊いてくるじゃないか。俺がなにをなくそうと、あんたになんの関係があるんだね、黒沢さん」

「興味があっただけだよ。金なんて言っていたが、ほんとは金を欲しがっちゃいないよな、木野さんは。喋ってても、それがよくわかる。なにをなくしたら、そんな男になるんだろうと思ってね」

「それを俺に教えてくれるやつがいたら、こちらから金を払ってもいいな」

「痺《しび》れちまいそうな話がある」

黒沢の言葉が途切れた。私の反応をうかがっているのではなく、ただ煙草に火をつけただけのようだ。私も、煙草をくわえて火をつけた。

「あんたが言っていた話、二人で組んでやらないか？」

「俺が言った話？」

「台湾から、なにか入れるという話さ。台湾の方は、あんたがやれ。日本の方は、俺がやる。痺れるぜ、これは。生きてるって感じがするはずだ」

「俺が死んでると思ったから、そんな話を持ちかけてくれているのかね？」

「半分は、死んでるな」

「当たってるよ。半分じゃ済まんな」

「生き返りたくないか、木野。金なんてどうでもいいが、生きていると感じてみたくはないか。俺は、刺激的なことが好きでね。そういう時だけ、生きてると思えるんだ」

「危険な男だな」

「同類の匂いがするよ、あんた」

黒沢に同類と言われて、不思議にいやな気分にはならなかった。

「考える余地はないか、木野？」

「ないな」

「なぜ？」

「これ以上、もう失いたくないからだ」

「命以外に、失うものがあるとは思えんがな、あんたを見ていると。もっとも、長く見たわけじゃない。だから、俺がそう感じているというだけのことなんだが。なにを、失いたくないと言うんだね」

「俺にあって、あんたにないもの」

「ほう」

「誇りさ」

一瞬、黒沢は口を噤《つぐ》んだようだった。

指さきに挟んだ煙草から、灰がぽとりと落ちた。私は、それを見つめていた。

「久しぶりに、キザな男に会ったな」

「ただの漁師だよ、黒沢」

「俺より、二つ三つ下ってとこか。それで、離島に住みついて漁師をやる。腕は、悪くないそうだな。ますます、おまえが気に入ったよ。魚釣り以外に、得意なことは？」

「料理」

くぐもった、低い笑い声が聞えた。

「そいつはいいや。一度、俺に腕を振るってくれないか？」

「やめておこう。本音を吐かない男に、俺の料理は口に合わんよ」

「吐いてる」

「全部じゃない。全部吐ければ、おまえもなかなかのもんだがな、黒沢」

黒沢が、また沈黙した。私は、煙草を灰皿で揉《も》み消《け》した。波の音が聞えた。音楽も、聴えてきた。

私ははじめて、自分が怕《こわ》がっていたことに気づいた。

そして、いまは怕がっていない。

「諦めきれん」

黒沢の声。低くくぐもったままだ。

「俺は、いままで相棒ってやつを持ったことがない。いま、おまえを相棒にしたいと、心から思ってるよ」

「相棒ね」

「いつ裏切るかわからない、相棒。俺が俺でなくなったとたんに、俺を刺す相棒。こいつはまた、特別にスリリングじゃないか」

「はじめから裏切っている相棒。そんなのもありそうだな」

「とにかく、俺の言ったことを考えておけよ、木野」

「無駄なことは、しない人間でね」

「俺とおまえは、つまり縁があるんだよ」

「縁か。俺の一番嫌いな言葉だな」

それでも、私はかすかに誘惑に似たものを感じていた。それを抑えこみながら、縁という言葉が嫌いになったのはいつからだろう、と私は考えていた。

10　吹き溜り

久しぶりに、朝食に米の飯を食ったような気がした。

群秋生が瀬名島に来てから、私の朝食はずっとパンだったのだ。自分の小屋での朝食は、米の飯と決めていた。

白い船影が近づいてきたのは、十時過ぎだった。ツナタワーを立てているので、遠くからでも『レッド・デビル』だと確認できた。この島を目指しているようだ。

待つほどのこともなかった。

軽快に近づいてきた『レッド・デビル』は、リーフの前で減速し、暗礁を探りでもするように、デッドスローで近づいてきた。

私は、サバニが舫ってある場所まで行って、アプローチしてくるのをじっと見ていた。水路を知っている人間が誰か乗っているのか、あまり逡巡《しゅんじゅん》のないアプローチだった。サバニのような舫い方をするわけにはいかない。吃水が違うのだ。舫えるとしたら、木製の桟橋の端だけだった。

私がそこに立つと、アフトデッキに山南が出てきた。フライブリッジで操縦しているのは、群秋生だった。ほかには、誰も乗っていないようだ。

私は、『レッド・デビル』が船首から錨《いかり》を落とすのを眺めていた。ウィンドラスで、うまい具合に調整しているようだ。錨が効いてから、桟橋の突端に船尾を近づけてくる。縦着けというやつだ。山南が投げたロープを、私は摑んで繋船柱《ビット》にかけた。

エンジンが停まった。フライブリッジから、群が降りてくる。

「よく、水路がわかりましたね」

「山南が言う通りに入ってきた」

「まさか。一度しか通ってないのに」

「二度だ。入って、出たからな」

山南が言う。この男なら、ありそうなことだとも思えた。注意力の方向が、常人とは違っている。見馴《みな》れないクルーザーがやってきたので、島の子供たちが見物に出てきはじめた。といっても、せいぜい十人ほどだ。

「先生は、島の見物だったんじゃないんですか？」

「だから、見物に来たのさ」

「瀬名島のことじゃなかったんですか」

「島だったら、こちらがいいな。瀬名島には、どこかで見たような風景しかない」

「ここは、見るものはあまりありませんよ。ゆっくり歩き回っても、せいぜい一時間ってとこです」

「ちょうどいいな。木野、おまえは料理がうまいそうじゃないか。俺は、ひとまわり歩いてくる。昼めしの仕度を頼むぜ」

「構いませんが、なにかお好みは？」

「おまえの、料理の歴史を感じさせるようなものだ。それ以外の註文《ちゅうもん》はない」

群は、ひとりで島を歩き回るつもりのようだった。スニーカーに、長いズボンを穿《は》いている。島の人間は、半ズボンなど穿かないのだ。どこにも草があって、毒虫もいる。

山南は、勝手に船の発電機を作動させ、エアコンを入れた。キャビンで、昼寝でもする気なのかもしれない。昼寝なら、私の小屋のテラスの方がずっと快適だが、それは教えなかった。いやでも、昼めしの時にわかるだろう。

私は小屋へ帰り、冷凍庫からフォンドボーを出した。ぶ厚い鍋で大量に作り、冷凍しておくのだ。煮こんで冷凍した、オックステイルもあった。凍ったフォンドボーをいくらか切り、小さな鍋《なべ》に入れて火にかけた。すぐに解けてくる。そこにオックステイルの塊りを、三つ放りこんだ。

あとは、冷蔵庫の野菜でサラダを作る。ゴーヤを適当に混ぜてあり、それがポイントといえばポイントだった。

私のワインセラーは、床下だった。そこが一番温度が一定している。適当に三本選び出し、栓を抜いた。それだけで、もうやることはほとんどなかった。

群が、汗をかいて戻ってきた。山南もやってきた。

「匂いだけは、いいな。腹が減っているからかな」

「朝めしを、抜いたんだ、先生は」

「この島を見物するより、おまえの家を見物していた方が、ずっと面白いな。本棚だけでも、一見の価値がある。個性的な読書家だな。現実逃避の傾向も、読む本に出ている」

「そうですか」

「不服そうな顔をするな。おまえの読書も、山南の薔薇作りも、現実逃避以外のなにものでもない。二つとも、そこそこさまになった現実逃避だよ」

山南が、肩を竦《すく》めていた。

「はじめますか。酒は、赤ワインとビールしかありません。あとは食後酒ばかりで」

「酒に決まりはないんだよ。台湾じゃ、結婚式にヘネシーのXOを出す。それが流行になっちまってるんだな。そうすると、人はコニャックを飲みながら食事をするのを、うまいと感じるようになってしまう」

「ほんとうに?」

「真実はわからんな。きのう仕入れたばかりの知識だ」

私は、シークワサを搾った汁を、三つの容器に注ぎ分けた。それに、島とうがらしやニンニクを中心にした薬味を入れる。ポン酢のようなものだ。

サラダには、ドレッシングを振りかけた。山南が、テラスのテーブルに運ぶのを手伝った。オックステイルも、三枚の皿に載せた。フォンドボーはそのままで、冷えたら表面の脂だけ除いて、また冷凍してしまう。カレーのルーのもとになるし、トマトと煮こめば、いいトマトソースになるのだ。

「牛の尻尾と屑《くず》野菜のサラダか。しかも、箸《はし》で食うのか？」

「シークワサのタレで。昼めしには、これぐらいが適当でしょう。パンは、いくらでもあります」

ワインを注いだ。テイスティングをした群が、ちょっと意外そうな表情をした。

「安物のボルドーだが、いけるぜ、これは。もしかすると、料理も期待できる」

「しかし、オックステイルしか作れない。違うか？」

山南に数日前に食わせたのは、シチューだった。肉の仕込み方から違う。ワインに漬けこんだ肉で、ソースにもたっぷりワインを使ってある。

群が、オックステイルを箸の先でほぐし、タレにつけて口に運んだ。

「これはおまえが食ったシチューとは別物だな、山南。なにか、懐しいような肉の味がするぜ」

「肉に、懐しいなんてのがあるんですか」

言いながら口に運んだ山南も、しばらく黙って口を動かしていた。

「木野健という男の分析が、これでまた難しくなったな。おかしな男だぜ、これは。まともじゃないいな」

「料理の話でしょう、先生？」

「料理がなにを語るか。いまは、そういう話さ。おまえの料理は、なにかとんでもないことを叫んでいるようでもあり、ただガキが俺だ俺だと喚《わめ》いているようでもある。そういう複雑さが面白い、と俺は言ってる」

「まあ、分析はしたいようにしてください。俺は、自分がうまいと思えるものを作りたかっただけでね」

「もうひとつ、安い赤ワインにぴったりだ、おまえの料理は。なかなかあるもんじゃない。高いワインに合う料理は、いくらでもあるがな。このサラダだって、ずいぶんといかがわしいぜ」

「よくわかりませんよ」

「まあ、料理を愉しもう。そうするだけの価値はある」

「それがいい、と俺も思います。なにか不思議な味ですよ、これは」

山南が言った。

私は、二本目のワインを注いだ。それも、群に言わせると安物のボルドーというやつだ。グラスを替えるなどということもしない。

そうやって、食事が終った。

まだワインが残っていたので、私はパルメジャーノを少し切ってきた。山南が、船から持ってきた箱を出した。葉巻の箱だった。勧められたので、私は一本とった。

「ところで木野。黒沢はいつここへ来るんだ。やつは、おまえに会いたがっているんだろう?」

群が言うと、山南がワインを持ちあげた手を止めた。

「なんで、やつがここへ来るんです?」

「おまえと相棒になりたいんだ、と言ってたよ」

「相棒ね。いつ、言ってたんです?」

「きのうの夜。かなり遅かったな。街のクラブに行くと、あいつも飲んでた」

「先生、それを俺には言いませんでしたね」

山南が、ワインを置いた。私は葉巻に火をつけた。

「クラブなんかには行きたくない、と言ったのはおまえじゃないか、山南。そして黒沢は、おまえじゃなく木野のことを気にしていた」

私は、葉巻の煙を吐いた。

「いつ、黒沢に会ったんだ、おまえ?」

山南が、私の方を見て言った。

「きのう。黒沢商事の支社でな。そのあと、黒沢からここへ電話があった」

「それで、いきなり相棒もないだろう」

「まったくだな」

「黒沢の口調は、木野に振られたという感じだった。しかし諦めない、というところじゃないのかな」

群も、葉巻の煙を吐いている。

「黒沢に会ったの、偶然なんですね。まったく先生は、なぜかそういうところに行き当たる。前から、不思議だと思ってましたよ」

「そういう星を持ったやつのあとは、いやでも付いて歩くんだな。俺は、おまえを誘ったぞ、山南」

「俺は、黒沢に使われてる連中を、夜中まで捜し回っていました。ところが、どこに潜りこんだか、姿も見えないんです」

「そりゃ、どこかに潜ったはずだ。俺のサバニを襲ったからな」

「ほう。どこで？」

「海の上さ」

「きのうの帰りにか？」

「ライフルも、ぶっ放してきた」

山南の眼が、強い光を帯びて私を見つめてきた。

「やつら、船を持っているんだな」

山南の調査は、そこまで進んでいないようだった。教えようかどうしようか迷ったが、結局やめた。山南は、自分の知っていることを私になにも伝えていない。

「おまえのサバニで、逃げきれる程度の船なのか？」

「腕によってはな」

私が、あまり喋る気がないことは、わかったようだ。

「おまえが銃撃を受けた理由も、喋る気はないんだろうな」

「ないね。というより、そんなことは撃ってきた方に訊いてくれ」

食後の葉巻がうまい。これは何度か経験したことがある。空腹の時は、煙が濃厚すぎるのだ。

「ここは気持がいいな、木野。一時間ばかり昼寝をさせてくれ。午後は、ジャンボのテストをしながら、瀬名島へ帰る」

私がいなければ、テストはできない。『レッド・デビル』に乗っていくと、私は阿加島へ帰る足を失う。瀬名島に泊まらなければならないように、群がしむけているような気がした。

私は、汚れた食器を洗った。

群は、テラスのキャンバスチェアで眠りはじめたようだ。私は、下着とTシャツを二、三枚、小さなバッグに放りこんだ。

山南は、ファイティングチェアに腰を降ろし、ぼんやりしていた。デッキに座りこんでジャンボの仕掛けを作りはじめた、私の手もとに眼をむけてくる。

「黒沢の申し出は断ったのか、木野？」

「受ける理由は、なにもない」

「それじゃ、黒沢とはなんの繋がりもない、と考えていいんだな」

「それはいい」

「俺は、相棒になってくれなどとは言えない。俺の相棒はひとりだけで、もう死んだ。新しい相棒を作ろうとも思わない」

私は、ジャンボの前につけるルアーの、リーダーの長さを調整した。流してみないとほんとうのところはわからないが、多分、これで大丈夫なはずだ。

「お互いに、知っている情報を教えあう、ということはできないか？」

「俺の方が、多分、知っていることは少ないと思う」

「どちらが多いとかいう問題じゃない。正直言って、俺はこの島で手詰りなんだ。こういう時は、いつもじっと待ってきた。二か月でも、三か月でもな。しかし今度は、そういうことは許されない。やることをやったら、俺は戻らなけりゃならないんだ」

「俺とは、関係ないことだな」

「おまえが黒沢の相棒になるとか、別なことでこの件に関ってくるとかいうことも、俺には、関係ない。お互いに関係ない二人が、霧の中に立っている」

確かにそうだった。私がこの件を自分のこととしてとらえはじめたのは、S市の小山という名を耳にしてからだ。そして、この島で起きていることは、実はどうでもいい。

「情報か」

「霧の海だからな」

「わかった。今夜、話そう」

「これは一度しか言わないが、お互いに嘘はなしだ」

私は、黙って頷いた。

私がジャンボの仕掛けを作り、センターリガーにショックコードを取りつけるまで、山南は黙って見ていた。これで、外海へ出れば、すぐにジャンボは流せる。

「会ってすぐに、相手を信用しない。これは考えではなく、皮膚感覚のようなものだった。それが、身を守る基本でもあった」

山南は、相変らずファイティングチェアに腰を降ろしたままだった。強い陽射しの中で、山南は細い眼をいっそう細くしている。

「信用するやつは、信用してしまった方がいい。そう思うようになったのは、あの街に行ってからだ。いろんな男に会った。老人から若造まで」

「派手なだけの、リゾートタウンだって話を聞いたがな」

「行ったことは？」

「ない。三年ほど前に、S市に一度行ったきりだ」

「吹き溜りって言葉があるだろう。見かけは派手だが、あの街にはいろんな男が吹き寄せられてくる。俺も、そのひとりだがね」

「群秋生も？」

「これは、わからん。男の吹き溜りを見物するのが面白くて、あの街に住んでいるというふうにも見える」

山南が、煙草に火をつけた。ファイティングチェアのアームレストにも、灰皿は取り付けてあった。

「よほどいやな街なのか？」

「どうかな。みんな、街そのものに憎しみを抱いているように思える。そのくせ、街のために命をかけたりするんだよ。俺はそれが不思議だと思っていたが、自分でもそうするかもしれないと、今度のことで思いはじめた」

「そんな街か」

亜希子が生きていれば、一度ぐらいは行くことになったのかもしれない。S市に行ったのも、亜希子の遺骨を納めるためだった。

「群秋生は、この件には巻きこまないようにするんだな？」

「原則としてはだ。あの先生は、自分の身の守り方をよく心得てる、と俺は思ってるよ。

その上で、自分から巻きこまれてくる。そういう時は、拒んでも無駄だな。この船を瀬名島へ持ってこようとしたのも、自分から巻きこまれたのだ、と俺は思ってるよ。理由は、梅雨明けのいい季節になっている、ということだけだったが」

梅雨は、すでに明けていた。照りつける日が多い。それでもまだ、真夏よりは風が強かった。

島の子供が三人、浜に出てきて泳ぎはじめた。三人とも、シャツは着ている。裸でいるには、この島の太陽は強烈すぎた。

11　海域

流しはじめて二時間で、ジャンボの成果はあがった。

ツナタワーのヘルムステーションだけでなく、アフトデッキにいた群も山南も、飛沫《しぶき》をあげて海面に躍り出し、ルアーに食らいついた本マグロの黒く光る魚体を見て、声をあげた。センターリガーが撓《たわ》み、ショックコードが伸びきったところで、私は少しスピードをあげた。リールを使う釣りなら、スロットルを全開にするところだ。リールのドラッグ機構が、無理な力を殺す。その代り、ラインは六、七百メートルは出る。

ショックコードが伸びきれば、もう引き合う力を殺すものはない。しかし、ジャンボ用の細いロープだった。たやすく切れるとは思えない。少し魚を引き回して、疲れさせた方がいいと判断したのだ。

本マグロは、フックしたら深く潜る。それが、水面を走るカジキと違うところだ。魚がどう動くか、ツナタワーの上からでも読めない。十ノットほどで、前進するしかなかった。

「でかいぞ、木野」

アフトデッキから、群が見あげて言った。確かに、水面に躍り出た魚体は、二百キロを充分超えているように見えた。

「あと十分後に、綱引きですよ、先生」

ルアーのフックは大きいし、この状態ならしっかり魚の顎《あご》にかかっているはずだ。十分ぐらい引き回しても、はずれるとは思えなかった。

十分経《た》ち、潮の流れに舳先《へさき》をむけて、私はツナタワーを降りた。クラッチをニュートラルにし、船を止める。群と山南は、作業用の革手袋をしてすでにロープを摑《つか》んでいた。

「引いてください。あまりに強かったら、ホールドするだけで、やり取りをしちゃいけません。

「つまり、ゲームじゃなく漁なのだな」

言って、群はロープを引きはじめた。山南は、まだ立って見ている。ロープの長さは、およそ五十メートルというところだ。魚が力を出すのか、ちょっと手繰っては、群はロープをホールドしている。

　十五分ほどで、群は汗にまみれた。山南が交代する。引き寄せたのは、せいぜい六、七メートルというところだ。山南が、ロープをホールドした。完全な力較《ちからくら》べにならないのは、船が引っ張られて動くからだ。いまはそれが、竿《さお》の弾力の役目をしている。

　二人が、交代でロープを引き続けた。ロープの残りが五、六メートルになった時、私は巨大なフライングギャフを用意して、トランサムステップに出た。

　黒い魚体が、少しずつ近づいてきた。引き寄せられているのか、引き寄せているのか、距離だけは縮まってくる。

　魚体が、海面に出てきた。私は、掬《すく》いあげるようにしてギャフを打ち、すぐに柄をはずした。鉤《かぎ》にはロープが付いている。それを引けば、二か所から魚を固定する恰好《かっこう》になるのだ。握ったロープを山南に任せ、私はトランサムステップから身を乗り出し、鰓《えら》に素速くナイフを入れた。血が噴き出し、海面が赤くなった。

「終りですね、これで。血を抜ききってしまうために、しばらく魚体を引っ張ります」

　クラッチを前進《アヘッド》に入れた。赤い海水をスクリューが蹴立《けた》てる。その色も、すぐに薄くなったようだ。

「あまり面白いもんじゃないな」

　コックピットに来て、群が言った。

「漁ですからね。確実にあげなきゃならないんです。つまり、遊んでる暇はない」

「後味が悪い」

「漁は仕事です。そう思える。だけど、先生は漁の方法で遊んだというだけですからね」

「いやな言い方をするね。まさか釣れるとは思わなかったんでな」

「俺もですよ。この海域で本マグロがあがったというデータは、俺のノートにはありません。しかも、大物ですね。市場に運べば、百五十万にはなるだろうと思います」

金のことに、群は関心を示さなかった。私も、釣ったものがその程度の大物であることを、金額で言っただけである。

しばらくして、魚体をアフトデッキに引きあげた。

「ジャンボ釣り、まだ続けますか？」

「もういい」

「なら、突っ走りませんか？」

遠くに、漁船がいた。はっきりは確かめられないが、連中の船かもしれない。どう走っても『レッド・デビル』の方が速いので、遠くで様子を見ているのかもしれなかった。

「いいともさ。好きなように走り回ってみろよ」

群も、漁船の存在には気づいているのかもしれない。フライブリッジのナビゲーターシートに腰を降ろし、にやりと笑った。

私は、スロットルレバーを徐々に倒し、やがて全開にした。フルパワーのバートラムは、しっかりと安定し、飛ぶように走った。

「おまえ、東京にいる時はなにをやってた？」

群は、ナビゲーターシートの背もたれに躰《からだ》を押しつけたような恰好をしている。高速航行中は、それが最も安定した姿勢だった。

「弁護士でしたよ」

「なるほどね」

「なにが、なるほどなんですか？」

「なんとなく、納得できる。それを表現する言葉が、俺にとってはなるほどなのさ」

「なるほどね」

「そういう切り返しが、いかにも弁護士って感じだな。ほめたんじゃなく、けなしたんだ。通俗的すぎる」

「単に、ボキャブラリーがない、というだけのことですよ」

六月の海は、静かだった。全開でも、ほとんど震動はない。漁船らしい白い船影は、すでに見えなくなっている。追おうとしても、このスピードでは追いきれるわけもなかった。ただ、あの船が連中のものなら、レーダーで捕捉《ほそく》されてはいるだろう。

「これも、海か」

群が呟《つぶや》いた。いつも群が船を乗り回している海とは、かなり違う。それでも、同じ海だった。

「本土の海況を考えると、嘘《うそ》みたいです。だけど、荒れる時は大きく荒れますよ」

「だろうな」

「台風で、陸に揚げた船が吹き飛ばされるなんてこと、しばしば起きますから」

「なかなかいいじゃないか、それも。緊張感ってやつがある」

「まあね」

「俺の日常は、緊張を欠いていてな」

「ここの島は、もっと緊張感を欠いていますよ。せいぜい、台風ぐらいで、あとはのんびりしたもんです」

「だったら、みんなのんびり暮らせばよさそうなもんだがな」

群が手をのばし、レーダーの電源を入れた。なにも映っていない。長距離のレンジに変えていくと、島影が入りはじめた。例の白い漁船らしいものも映っている。追ってきているように、私には見えた。

「せいぜい、三十二ノットってとこか。レーダーで捕捉しながら、俺たちがどこへ行くか確かめているようだな」

「気づいていたんですか？」

「山南は、俺より先に気づいていたさ」

　連中が漁船を持っているということを、山南は知らないはずだ。しかし、船というのは一番想像しやすいことだろう。漁船にしては、動きがおかしかった。山南は、それに気づいたのかもしれない。

「どうしましょう？」

「どうしたい？」

「俺は、もう巻きこまれてるんですかね？」

「それは、自分で決めることさ、木野」

　確かにそうだった。私はただ、雇われ船長をやっていれば、それでいいとも言えた。

「巻きこまれていますね、俺は」

　言うと、群がにやりと笑った。レーダーの船影は、少しずつ離れていく。さらに長距離のレンジにすれば、当分は消えない。

「なにしろ、銃撃されましたんでね」

「自分で巻きこまれたと決めたなら、それでもいいさ」

「先生は？」

「俺はいつだって巻きこまれるし、そしてほんとうには巻きこまれはしない」

「そうなんでしょうね」

「利いたふうなことを言うじゃないか」

私は、煙草に火をつけて群の方に眼《め》をやった。群は、なんとなくという感じで前方の海面に眼をやっている。

「ところで、やつらを引っ張り回してやりたいんですがね。もうすぐ、カジキがよくあがるポイントがある海域に入りますよ。つまり、トローリングを決めこみたいんです。やつらにとっちゃ、あまりほかの船がいない方がいい海域なんですが」

「そこで、どう出るか見たい、ということだな」

「やつらだけでなく、山南がどう動くかということも」

「おまえも、おかしなところがあるな。あまり他人を信用しないのか？」

「それでいいことなんて、ありませんから」

「ある意味では、真実だな」

山南は、キャビンにいるのか、アフトデッキに姿はなかった。ほんとうは、あまり船に強くないのかもしれない。

「そろそろ、その海域に入ります」

「そうか。じゃ、ルアーを流してみるか」

群がアフトデッキに降りると、山南もキャビンから出てきた。

私はスロットルを戻してデッドスローに落とし、ツナタワーに昇った。フライブリッジにいるより、ずっと視界は開ける。追ってくる連中の船が、白い点に見えた。

ルアーの流し方は、馴《な》れたものだ。四本流し、その中の二本がアウトリガーにセットされるまで、私は船を直進させた。右のアウトリガーのルアーが一番長く出ているので、方向を変える時は右を軸にする。そうすれば、ラインが絡むこともないのだ。

アフトデッキから合図がある。私は徐々にスロットルを前に倒し、八百回転ほどに出力をあげた。これで六ノットから七ノットである。カジキを狙《ねら》うには、適当なスピードだ。アフトデッキの端には、本マグロの屍体《したい》が長々と横たわっていた。

この海域は、連中の船がしばしば台湾の漁船と会っているところだ。決して一キロ以内に近づくことはないので、たとえレーダーでウォッチされていても、接触したようには見えないはずだ。ただ近くで見ていれば、二隻が同じ目的でこの海域にいることは、はっきりとわかった。

台湾の漁船は、そのたびに違う。時には、小型の貨物船であることもある。小さな浮標《ブイ》を付けて、投下される荷。それを、連中の船が拾いあげる。

密輸の方法として、手のこんだものとは思えなかった。こういう単純なやり方が、かえってわかりにくいのかもしれない。連中の船が、洋上でさらに別の船に荷を渡しているという気配はない。一度、瀬名島に荷は入るのだ。それから本土へ運ぶ方法は、いくらでもある。

連中の船が近づいてきた。操縦している人間のほかに、二人乗っている。その二人は甲板に出ているので、はっきりと確認することができた。キャビンに人がいるかどうかはわからないが、漁船型なのでキャビンはひどく狭いはずだった。

スピードを落とし、接近してきた。こちらは、私のサバニではない。バートラムという、高性能のクルーザーだ。むこうがぶっつける気で近づいてきても、どうにでもかわせる。
二、三分、並走するような恰好で走り、それから離れていった。走り去るというのではなく、遠くから監視するという感じだ。
山南が、ツナタワーの梯子《はしご》を昇ってきた。

「やつらの船か、あれは？」

「多分」

「お互いに、知ってる情報は交換するということじゃなかったか、木野」

「やつらの船だ」

私は煙草《たばこ》をくわえ、風を掌《てのひら》で遮ってジッポで火をつけた。

「週に一度は、この海域で台湾の漁船と近づく。近づくだけで、決して接触はしない。だから、レーダーの監視の対象にも、多分ならないはずだ」

「それで？」

「台湾の漁船が、海になにか落とすね。浮標《ブイ》をつけて、見失わないようにしている。それを、連中の船が拾いあげて、すぐに離れる。その間が、七、八分というところかな」

「いつも、この海域か？」

「断言はできないな。この海域でのことを、俺が知っているというだけのことだ」

それ以上、山南はなにも訊《き》こうとしなかった。私は、短くなった煙草を、灰皿で揉《も》み消《け》した。御丁寧に、ツナタワーにも灰皿が設置してある。

「S市を中心にして、覚醒剤《かくせいざい》が大量に出回りはじめた」

呟くように、山南が言う。ツナタワーにいると、エンジン音はほとんど気にならない。

「警察は、かなり押収したよ。記録的な量だったと思う。しかし、入ってきたものの半分も押さえてはいないな。それが、俺たちの街にも入りはじめている」

「俺たちの街？」

「いつの間にか、俺はそう呼ぶようになっていた。俺が暮している街、というような意味さ」

「俺たちの街ね」

私が言うと、山南は口の端をちょっと歪《ゆが》めたような感じで笑った。

「とにかく、俺は覚醒剤というものが我慢できん。許せないという気分でな」

それだけとは思えなかった。昔は殺し屋で、いまは薔薇《ばら》作りをしている男。法律や道徳など、とっくの昔に踏み越えてしまっているはずだ。この男を動かしているのは、もっと別のものだろう。

「S市へ入っている覚醒剤が、この島からのものというわけか？」

「間違いなく、全量が」

「そのS市の窓口が、小山裕なんだな」

「多分」

「じゃ、小山を潰《つぶ》せばいいんじゃないのか？」

「たやすくはいかんね。小山はひとりじゃない。潰しても、すぐに別なやつがでてくる」

「それは、黒沢を潰しても同じことじゃないのか。供給するやつは、また現われる」

「少なくとも、水道の元栓を締めるぐらいの効果はある。その間に、小山の方も潰すさ」

「ひとりで、どうやる気だね？」

「仕事は、いつもひとりでやってきた。ところでおまえ、なぜ小山裕を知ってる？」

「昔、いろいろあった」

「弁護士として関《かかわ》った、ということか？」

「いや、個人としてだ。純粋に個人として」

それ以上、私は言う気はなかった。山南も、私にすべてを語っているとは思えない。

「静かな海でも、ここは揺れるな」

「下では感じないぐらいの揺れでも、上じゃこんな具合だ」

山南は、やはり船にはあまり強くないのかもしれない。ツナタワーの揺れが、あまり心地よさそうではなかった。

連中の船は、離れたところからずっとこちらを監視していた。レーダーで見ると、三キロの距離から遠ざかろうとも近づこうともしない。

二時間ほど流したが、カジキはかからなかった。ルアーをあげた。

「瀬名港まで、突っ走りますよ。マグロは、売らなくちゃならない」

「百五十万にはなると言ってたな。いいボーナスじゃないか、木野」

「俺のマグロじゃありません。俺は、買ってくれるやつを知っているというだけで」

「ま、山分けにでもすりゃいい」

全開で走った。海は相変らず静かで、時々潮流に押されたような感じになるが、大きな震動はほとんどなかった。

連中の船は、離れていく。それでも、レーダーで見ると追ってはきているようだ。

「いいエンジンを載せてるが、どうやら一軸らしいな」

「そりゃね、漁船ですから。時化《しけ》には強いと思いますよ」

瀬名島が、見る間に近づいてきた。もう連中の船は、レーダーで確認できるだけだ。

本船航路がある。暗礁を気にせずに瀬名港まで突っ走れるのは、そこだけだった。ほかからのアプローチでは、突っ走るというわけにはいかない。船舶電話で尾高に連絡を入れてあったので、すでに岸壁で待っていた。私がスピードを落としたのは、港内に入ってからだ。山南が素速くフェンダーを出した。

「東京から来た客が、本マグロを釣ったんだって、漁協の連中に言ってやったら、いやな顔をしてやがった。東京からの客なら、釣るのが目的で、金はいらねえって言うんじゃねえかな」

岸壁に立った私に近づいてきて、尾高が耳もとで囁《ささや》くように言った。

「金を払ってもらえるから、ここへ持ってきたんだ。それに、お客さんは東京じゃない」

「まあ、俺は払うよ。漁協の連中への挨拶《あいさつ》も、俺がやっておく。どうせ、おまえにゃそんな気はないだろうからな」

いくらか買《か》い叩《たた》くということだ。漁協の連中には、安酒を飲ませるだけだろう。

「あんたに売ってるんだ。それを忘れるなよ。挨拶料がなんだとか、そんなのはあんたの必要経費だ。なんなら、ほかの買手と話してもいいぜ。マグロは、鮮度が問題じゃないし、交渉に時間もかけられる」

このまま、氷詰めにする。ただ、内臓は取り出して、胃などは別に売れる。冷凍でないところが、遠洋のマグロと違うところだ。

「わかってるよ。別に値切りゃしねえ。しかし、今日は大物だな」

フォークリフトで吊《つ》りあげた魚体を見て、尾高は声をあげた。群と山南は、もう釣った魚には関心がなさそうだ。

　連中の船が、ようやく戻ってきた。

「今夜、俺は船に泊まります」

　群に言うと、こちらの顔を覗《のぞ》きこんでくるような仕草をした。

「いけませんか？」

「いや。ただ、山南も同じことを言ったんでね。俺が気づかない、なにかがあったのかなと思ってな」

「ただの勘です」

「この船が動かなくなると、このあたりで一番速いのは、あの船ってことか？」

　連中の船に眼をやって、群が言った。なにもなかったように、連中は接岸の作業をしている。

「まあね。多分、そうでしょう。保安庁の船で、三十五ノット出るのがいますが、まるで反対の方向を哨戒《しょうかい》していますから」

「領土問題が出ている島だな」

　百六十万でどうだ、と尾高が言ってきた。脂の乗りもいいマグロだったらしい。血抜きも完璧《かんぺき》である。

　尾高の支払いは、いつも現金だった。私は現金を受け取るために、漁協の建物の方へ歩いていった。

12　よそ者

ホテル『夕凪』の桟橋だった。

結構人は多く、客室の稼働率は八割を超えているらしい。夜になると、ハネムーンのカップルが、桟橋にもやってきた。

私は、桟橋の端《はな》に舫《もや》った『レッド・デビル』のアフトデッキにいた。なにかしてくるとしても、ひそかにだろう。発電機を作動させると、異常があっても音に紛れる。

山南は、キャビンの中にいた。私がいつまでも入っていかないので、ウイスキーをぶらさげて出てきた。

「飲んでるのかい？」

「いや、俺は飲まん。おまえが飲みたがってるんじゃないかと思ってな。阿加島の小屋には、空ビンが並んでいたし」

「俺も、いらんよ」

折り畳みの椅子《いす》を出し、山南が腰を降ろした。桟橋には、明りはない。ビーチの明りが、遠くに見えるだけだ。

「連中、なにかしてくると思うか？」

「さあな。しかし、この船の動きに、神経質になっていた」

「取引が明日あたりだ、とおまえ思ってるんじゃないのか、木野？」

「だとしたら？」

「物《ぶつ》を、押さえられないか？」

「まあ、無理だ。この船が近くにいるかぎり、取引は慎重にやる。海に投げたものを拾いあげるまで、せいぜい六、七分だ。そんな短い時間で、なにをやれというんだ」

「五分あれば、五人は消せる」

「ほんとうにやれるかね。五人が、同時に別の方向に逃げたら？」

「たとえばの話さ。連中の船は、一隻だけなんだろうが」

「あんまり、攻撃的なことは考えるな。取引の現場を、ずっとビデオかなにかで撮影していた、とでも思わせればいい。それで、いくらでも交渉の余地が出てくる」

「交渉することは、なにもないんだ、木野」

山南が煙草に火をつけた。リーフの中は、湖のように静かだ。風もない。

「俺は、黒沢を潰したい。それだけで、この島へ来た。飛行機で来てもよかったさ。群先生が、気紛《きまぐ》れにこの島まで船を出すと言いはじめた。どの程度俺の目的を知っていたのかはわからないが、俺が誘われた」

赤い点が、闇《やみ》の中で揺れていた。私は、足もとのスポーツライトの位置を確かめた。いざとなると、とっさの明りはそれだけしかない。

外海から、リーフに船が近づいてくる気配はなかった。いまの状態なら、かなり遠くのエンジン音も聞える。十一時を回ってから、栈橋へやってくる人の姿もなくなっていた。おかしな気配に、気を紛らわされることもない。栈橋を踏む足音も、はっきり聞えるのだ。

「おまえが首を突っこんでくるのは、やはり小山裕との関係からか？」

「さあね。なんとなく巻きこまれた。そこに知っている男の名前が出てきた。そんな気もしているよ」

山南が煙草を消した。晴れていて、星は出ていた。ホテルの明りが届かないところだったら、もっと多く見えるだろう。

山南は、なにも喋《しゃべ》ろうとしなくなった。時々、身動きをする気配が伝わってくるだけだ。私は煙草に火をつけた。闇の中では、不思議にほとんど味がしない。すぐに消した。かすかな気配が伝わってきたのは、午前二時を回ったころだ。海面の一か所が、明るくなっている。

「やっぱり、海の中から来たか」

山南が、小声で言う。私と同じことを考えていたようだ。水深は、三メートルというところで、水中灯《トーチ》を使わなければ、前へは進めないということだろう。

「そばまで来たら、ライトで照らし出してくれ。俺が飛びこむ」

「その役、代ってもいいがな、木野」

「水の中じゃ、思うようにナイフも使えないぜ。それに素潜りなら、俺にもいくらか自信はある」

「逃がすなよ。とっ捕まえろ」

「どうやって逃げるんだね、ボンベを背負ったままで。むこうの空気を止めちまったら、あとは引っ張りあげるだけだ」

囁き合った。私は、水中ナイフを臑《すね》に巻きつけた。水の中で使える武器なら、水中銃が一番だろう。それを相手は持っていない、と思うしかなかった。

明りが、少しずつ近づいてきた。私は、フライブリッジに昇った。そこから飛びこんで、一気に相手に組みつきたかった。

待った。多分、ビーチのどこからか海に入り、大きく迂回《うかい》して近づいてきているのだろう。進み方も慎重だった。

五分ほどで、船の横に近づいてきた。

アフトデッキの山南が、身を乗り出すと、ライトのスイッチを入れた。水面下の人の姿ははっきりと照らし出された。

私は、頭から飛びこんでいた。肩に衝撃があった。底ではない。人間の躰だ。足を絡ませると、ボンベから出ているパイプを、思い切り引いた。泡が立つ。気づくと、水面に出ていた。艫に手をのばし、ナイフを摑み、突きつけた。

「こっちだ」

山南の声。トランサムステップの梯子が降ろされている。私は、それを手で摑んだ。

「あがれ。おかしな真似《まね》はするなよ」

黒いウェットスーツを着た男は、荒い息をしていた。山南が、トランサムステップに引きあげた。男がアフトデッキに連れていかれるのを確かめてから、私も船にあがった。

男は、ボンベを背負ったまま、アフトデッキの隅に座らされていた。まだ荒い呼吸をしている。

瀬名島の漁師だった。ダイビングのシーズンになると、漁をやめ、インストラクターとガイドを兼ねたようなことをやっている。連中と、関係があるとも思えなかった。

「頼まれたのか?」

男は、うつむいていた。山南の躰が動きそうだったので、私は腕を摑んだ。ウェットスーツだけを切り裂いていく、ということを山南ならやりかねない。

「船を沈めに来て、ただで済むと思ってるのか、おい」

私は、男のそばにしゃがみこんだ。

「沈めるなんて、そんな」

「じゃ、なんだよ?」

「ペラを、少し曲げてこいって言われた。それでスピードは出せねえだろうって」

「それで、道具を持ってきたんだな」

　スクリューの羽根を曲げるといっても、たやすいことではない。ただ、端の方なら、道具があればなんとかなる。ちょっと曲がっただけでも、ピッチが変り、回転をあげると震動が来るのだ。

「あの道具で、曲げられるのか?」

　男は、水中灯《トーチ》以外に、長い柄の付いた道具を持っていた。それが水中銃かもしれないと思い、私は遮二無二ボンベのパイプを引きちぎったのだ。

「誰に、頼まれた?」

「言えねえよ」

「言えば、礼をする。言わなきゃ、警察へ突き出す。どうせ、警察じゃ言うさ。ひとりで罪を着ることになるからな。ここで言って、礼を貰《もら》った方が得だぜ。帰ったら、一応ペラを曲げたつもりだが、ほんとうに曲がったかどうかわからん、と言うんだ。俺たちに見つかったのなんか、内緒にしてな」

「それで?」

「それだけだ。おまえは、一応仕事はした。うまくいったかどうかは、別としてな。たとえ礼を返せって言われたとしても、警察へ行くよりはましだろう」

「あんた、礼をくれると言ったね」

「言ったよ。おまえ、いくらで雇われた?」

「十万」

「同額の礼をする。いいか、うまく曲がったかどうか、水の中だし、夜だし、よくわからないと報告するんだ。エアが切れたんで、戻ってくるしかなかったってな」

「わかった」

「それで、雇ったのは?」

「中曾根《なかそね》ってやつだよ。何度か、ダイビングに連れていったことがある」

中曾根の名は、山南も知っているだろう。この島で、山南が最初に会っていた男だ。

「十万とは、安く雇われたもんだ。それで、どこからリーフに入ってきた?」

「ホテルの庭の端の方から。夕方、ボンベは運んでおいた。服なんかも、そこにある」

「なるほどね」

複雑な攻撃を考えている、というわけではなさそうだった。なにがなんでも、船を航行不能にしようというのでもない。ちょっと故障に近い状態にしようとしているだけだ。明日一日、高速で走り回れなければいい、ということだろう。

「しかし、なんでこんなことを引き受けた。まともな漁師だろうが?」

「あんたの責任になる、と言われた。あんたが、リーフをペラで打ったことになるってな。この島の漁師は、みんなあんたにいい感情は持ってねえ」

「マグロをあげるからか？」

「島の人間にポイントを教えるんじゃなく、東京からの客に、でかい本マグロを釣らせたりしている。そりゃ、恨まれるさ」

「筋合いじゃないだろう。俺は、自分の腕で釣ってるんだ」

「島のやり方じゃねえんだよ、それは。島じゃ、みんな共同でやるんだよ。あんたはよそ者で、いろんな漁師に訊き回って、ポイントの情報を集めた。そのポイントで、勝手に釣ってる。島の人間はお人好《ひとよ》しだから、東京から来た人間に訊かれりゃ、親切に教えてやるよ。それをいいことに、年寄りからまで訊き出した。そりゃ、海は誰のものでもねえさ。だけど、みんな協力して漁をしてきたんだよ」

「俺は、ここの海域で漁をはじめて、まだ三年だ。素人さ。本職の漁師が、それをつべこべ言うのか？」

「俺は、面白くねえよ。勝手にサバニ借りて、島の人間みてえな顔して、そのくせ、釣った魚は東京の仲買人にしか流さねえ」

「みんな、そう思ってるのか？」

「それは、知らねえ。俺が、そう思ってるってだけのことだね。悪口言うやつは、ほかにもいるけどよ。ほかのやつのことは、言いたくねえよ」

「わかった」

「ペラを一枚、ちょっとだけ曲げようと思った。あんたの責任になるって言うしな」

「中曾根が、そう言ったんだな？」

「時々、一緒に飲むしよ」

「こういうことを、頼まれたことは？」

「はじめてだよ。ダイビングの案内を頼まれたことは何度もあるけど。相手があんたじゃなかったら、俺はやらなかった」

「そんなら、金を貰わずにやればいいじゃないか。金を貰っておいて、俺への悪意でやったもくそもないだろうが」

男は黙りこんだ。

「中曾根は、ほかに何か言ってたか？」

山南が言う。男は、ライトの光を手で遮るようにして、山南の方に顔をむけた。

「また、本マグロをあげるつもりでいる、と言ってた」

「中曾根は、漁師じゃないだろう」

「知らねえのか。あいつは、船を持ってる。結構な船だよ。金で人に貸してるって恰好だけどな。釣れたら、歩合だよ。だけど、あの船は釣れねえ」

当たり前だった。漁などやってはいないのだ。

「悪かったと思うよ。釣れねえのは自分らのせいで、あんたのせいじゃねえ。だけど、十万払うって言われたんで、その気になったんだ」

山南がキャビンに入り、発電機を作動させた。キャビンに明りがつく。

「ほれ、持っていけ」

山南が、十万円差し出した。本マグロを売った金は、キャビンに置いてある。そこから出したのだろう。

「右舷《うげん》のペラを一枚だぞ」

私はライトを消し、男の顔を覗きこんだ。

「中曾根には、そう報告しろ。俺は、おまえが誰だか知っている。面倒なことになったら、すぐに警察へ行くぞ。俺から十万円受け取ったことも、中曾根に知れる。だから、右舷のペラを一枚、なんとか曲げようとした、とだけ言うんだ。頑張ったが、曲がったかどうかわからないってな」

「そう言うよ」

「おまえがそう言うかぎり、俺はおまえのことを忘れる。今夜のことも、なかったことにする」

男が、また頷《うなず》いた。

「行っていい。もう潜るのは無理だ。桟橋からビーチに出て、歩けよ」

男が、ボンベとウェイトを降ろした。それからフィンもはずし、ひとまとめにすると担ぎあげた。

「恨まれてるな、木野」

男の姿が闇に紛れて見えなくなると、嬉《うれ》しそうな声で山南が言った。

「恨んでるのは、腕の悪いやつらだけだ。それも、逆恨みだな」

「よそ者なのさ、結局」

「おまえも、おまえたちの街じゃ、よそ者だろう。人のことは言えないさ」

「ところが、みんなよそ者なんで、かえって自分の街って気がするんだな。S市から働きに来ているやつが多い。もともとは、小さな村だった」

「群先生もおまえも、よそ者じゃなく、地元の人間でもないってわけか」

「まあ、そうだ」

私は、煙草をくわえた。海に入ったので、躰がベトついている。桟橋の給水設備で躰を洗おう、と思った。

13　銃声

早朝に、私と山南の二人で出航した。『レッド・デビル』を、一日自由にしていいという許可は、群秋生から貰っていたようだ。

リーフに出ると、私はスピードをあげては落とすことをくり返した。レーダーで見張られていることは、充分に考えられる。なにしろ、片方のスクリューの羽根が一枚、曲がっているのだ。

「ペラが曲がってると、こんな走り方になるのか、木野？」

「回転をあげると、震動が来る。ピッチが狂ってるわけだから、シャフトにまで負担がかかるんだ。震動が来る原因は、ほかにもある。ペラに細いロープが巻きついているとかな」

「つまり、出力をあげると震動が来るので、落とす。何度か試《や》ると直るかもしれない。おまえはそう考えているんだな」

「と、連中は思うさ」

二十ノットぐらいまであげ、十二、三ノットに落とす。さらに何度かくり返し、十四ノットで安定させた。

山南は、フライブリッジのナビゲーターシートで、煙草を喫《す》っている。むかっているのは、例の海域だった。

「のんびりしたもんだな、このスピードじゃ。トローリングとはまた違うわけだから、ちょっとまだるっこしい気分になる」

「俺のサバニは、こんなもんだよ」

レーダーは、最大のレンジでウォッチしていた。早朝は、漁船が多い。いわゆる朝まずめというやつで、魚の食いが立つのだ。

「どれが、連中の船かわからんな」

「もうしばらくすると、朝の漁に出ている船は帰る。特にあの海域は、漁をするやつが少ないんだ。俺は大物釣りだからな。どんなところにも、一応は行ってみた」

「あの海域まで、まだ時間がかかるな」

「心配するな。取引があるとしたら、もっと陽《ひ》が高くなってからさ。今日、ほんとうにあるとしたらだが」

「あるさ」

「根拠は？」

「俺も伊達《だて》に街の中を歩き回っていたわけじゃない。ほぼ、今日あたりだろうと見当はつけていた。それが、やつらの船の動きだろう。この船を、動けないようにしようともしてきた。間違いない」

「ならば、何度も手間をかけずに済むってもんだ」

あの海域がレーダーのレンジに入るまで、まだ三十分はかかりそうだった。

「取引があったとして、どうする気なんだ、山南。ビデオ撮影ぐらいじゃ、なにをやってるかわからんぜ」

「荷を、奪う」

「簡単に言うなよ」

「海上での、一回の取引はかなりの量のはずだ。それを島に隠して、本土の方へ小出しにしているんだ」

「荷を奪うのが難しい、と俺は言ってる」

「スピード、あがるんだろう？」

「そりゃ、ペラがほんとうに曲がってるわけじゃないからな」

「やつらの船より先に、投下した荷のところへ行き着けばいい話だ」

「この船が近くにいたら、まず投下しないね。一キロ以内にいたら、むこうも警戒する」

「やつらの船から、さらに一キロ離れてりゃいいのか？」

「まあな」

「そこから全速で接近して、荷を拾いあげればいい」

海上のものを拾いあげるのは、実はかなり難しいことだった。近づいたと思ったら、離れていく。潮流が、なかなか読みきれず、しかも風がある。

「甘いな」

「なんだって、やってみなけりゃわからんさ。とにかく、連中はこっちのペラが曲がっていて、全速で走れないと思ってる」

「やるだけは、やるさ。それはいい。しかし、銃撃でもされたら、船に傷がつくぜ。群先生になんと言うんだ」

「銃撃されました。弾痕《だんこん》を、船の勲章だと考えるタイプだよ」

「ならいいがね」

三十六ノット出る船が、十四ノットで目的海域にむかっていると、ひどく遅いと感じる。出せば出せる、と思うからだろうか。サバニでは、そんな感じはまるでないのだ。

「船名の由来、知ってるか、木野？」

「赤い悪魔ね。どうせ、なにかのたとえなんだろうな」

「ところが、薔薇の名前さ。薔薇の株には、それぞれ名が付けられててな。世界共通だよ。認められればの話だが。『ブルー・ムーン』という、薄紫というか藤色というか、そんな薔薇もある。ほんとうに青い花というのは、薔薇の世界じゃ幻でね。いろいろと改良を重ねても、青薔薇はまだ出現していない」

「じゃ、『レッド・デビル』は赤い薔薇か」

「赤にも、いろいろある。ワイン・レッド、臙脂《えんじ》、ピンク。動脈から出る明るく鮮やかな赤。わかるかな。そんな色だよ」

「動脈から出る血ね。下手をすると、致命傷か」

「どこか、皮肉なところがある男なんだ」

「何冊か、読んだ。人間が、無意識に持ってしまった、絶望感や諦念《ていねん》をくすぐるね。だから、読んだ直後はいやになる。ところが一年ぐらい経つと、またくすぐられたくなるんだな。人間ってのがそういう動物だって、あの先生はちゃんと計算して書いてるのかもしれんぜ」

「難しいことは、俺にはわからん。本なんてものとは、無縁で過してきた」

「群先生は、読めとは言わないのか？」

「なにを読めばいいか、一度訊《き》いたことがある。俺の本を読むと堕落する、と言われたよ」

山南が、灰皿で煙草を消しながら言った。

それからしばらく、なにも喋らなかった。山南がキャビンに降りて、コーヒーとサンドイッチを持ってきたので、それを朝めし代りに食った。

そのころ、ようやく目的の海域が、レーダーに入ってきた。漁船らしい船影が、まだいくつかあった。

「連中の船は特定できないな」

「漁船は、そろそろ引きあげるころさ」

十四ノットでは、その海域もなかなか近づいてこなかった。私は、のんびり操縦していた。現実問題として、海に投下された荷を連中と争うことなどできない、と思ったからだ。せいぜい、連中の取引を目撃して、黒沢に伝えてやることぐらいだろう。

「漁船の構造だが、これが連中の船だとするよな。こういう恰好だろう？」

山南が、メモに船のかたちを描いた。

「どこがいかれれば、船は停《と》まる？」

「なにをする気だ？」

「念力を送って、船を止める」

「なら、全体だ」

「ピンポイントってやつさ、俺の念力は。エンジンか？」

「エンジンなら、ここだね」

私は、船のかたちの一点を指した。

「滑走型じゃない。つまり、吃水《きっすい》の深い排水型なんだ。エンジンの位置は、かなり低い。水面ギリギリぐらいだ、と考えた方がいい」

「滑走型とかなんとかはわからないが、この位置で、水面ギリギリってとこだな」

山南が、メモの船のかたちの一か所に、印をつけた。それからキャビンに降り、金属製のアタッシェケースを持ってきた。

無造作に開いた。ライフルだった。遠距離用のスコープまでついている、本格的なやつだ。それを山南は、手馴《てな》れた仕草で組立てはじめた。

「たまげたな。この船には銃が置いてあるって、冗談じゃなかったのか」

「いつも置いてあるわけじゃない。今度の航海に、俺が持ちこんだ。性能はいいよ。四百メートルで、コインを撃ち抜ける。ただし、揺れていないところでだが」

「仕事は、ナイフでやっていたんじゃなかったのか？」

「ライフルも使った。時にはな。ナイフというのは俺の好みで、ライフルが好みの同業者もいたよ。そういう同業者と較べても、腕が劣っていたとは思っていない」

「しかし、それでエンジンを撃ち抜く気か？」

「FRPは軽く貫通するだろう。エンジンもぶっ毀《こわ》せるはずだ」

「連中、漂流だぜ」

「無線ぐらい、持ってるだろう。SOSを出せばいいだけのことだ」

「いきなり、戦争か。それも、俺に断りもなく」

「連中の船を止める以外に、投下された荷を奪う方法が、なにかあるか？」

「いや、ないだろう」

私は煙草に火をつけた。どんどんとおかしなことになっていく。山南は、はじめから躰を張るつもりだったのだろう。

黒沢を追いつめる方法として、荷を奪うことがどれほど有効なのか。黒沢が捨てた気になれば、そ知らぬ顔で通すこともできるのだ。黒沢がこたえるかどうかは、荷の量による。

「俺の役目は？」

「ほう、一緒に戦争をする気になったか」

「船に乗ってるんだ。一緒もくそもないだろうが」

「連中の船が投下された荷にむかう。その時、全速で近づいてくれ。できることなら、並走したい。揺れているからな。二百メートルまでは近づくんだ」

「むこうも撃ってくるぜ」

「俺の方が、腕がいい。でなけりゃ、おまえの頭は吹っ飛んでいたんだろう」

「信用するか。なにしろ、アキレス腱《けん》を、転がりながら縦に裂いちまう男だ」

「ナイフなら、もっと細かい芸もあるぜ」

「芸ねえ」

次第に海域が近づいてきた。晴れていて、暑い日になりそうだった。漁船は引きあげはじめていて、四つほど船影が映っているだけだ。

ようやく、海域に入った。白い点のような船影が見えた。連中の船かどうかはわからない。双眼鏡を覗くと、ほかにも船影が見える。

私は、レーダーの像で、漁船かどうか判断することにした。漁船には、漁船の動きがある。

　ひとつ、二つと排除していくと、残ったのは二つだけになった。

「見ろよ。片方は多分、小型の貨物船だ。それとこの船影。まだ遠いが、やがて擦れ違う針路をとってる」

「貨物船か」

「俺の知るかぎり、相手は漁船の場合もあれば、貨物船の場合もある。間違いないな。このあたりは、潮流もそれほど強くないし」

「わかった。おまえの眼と、操船の腕は信用しよう」

　連中は、レーダーでこちらのスピードを見て、スクリューの羽根が一枚曲がっている、と思っているはずだ。十四ノットという計算をすれば、貨物船が荷を投下する場所には行きつけない。

　二隻の船が、四キロの距離になるまで、私は待った。それから、二十ノットにスピードをあげた。連中の船に横から近づく恰好になる。

　レーダーを、よほどしっかり見ていなければ、こちらのスピードがあがったのはわからないはずだ。すでに肉眼でしっかりと識別できる。そういう時は、レーダーなど見ないものだった。それに連中は、相手の船から眼を離せないだろう。私は、二十三ノットにまでスピードをあげた。それ以上だと、船は滑走をはじめる。そうなると、波のかたちがまるで変ってくる。

二隻が、二キロの距離に近づいた。私は、目測ではなく、レーダーでしっかりとそれを確認した。

「なにか、投げ降ろしたぞ」

双眼鏡を覗いていた山南が、片手だけで私に触れて言った。もう一方の手は、双眼鏡を持って眼に当てたままだ。

私は、スロットルレバーを押し倒した。

ひと呼吸置いて、船にぐっと加速感が加わった。スピードが乗ってくる。ゆっくりと舵《かじ》を切り、連中の船を追う角度にした。見る間に、連中の船が近づいてくる。

「追い越す前に、三秒間だけ並走する。いいな、山南？」

「了解」

山南は、ライフルを持って、アフトデッキに降りた。そちらの方が、揺れが少ない。それは確かだ。

連中の船は、全開だ。なんとか、先に投下された荷のところに行き着こうとしているのだろう。追いついた。私は、スロットルを少し戻し、連中の船と並んだ。数える。一秒。二秒。三秒目に、銃声がした。三秒では少なすぎたのか。そう思った。銃撃が返ってきたが、弾は見当違いの方へ飛んだようだ。私は、再びエンジンを全開にしていた。

追ってくる。しかし、白い煙があがりはじめていた。いや、煙ではなく、蒸気のようだ。冷却系のどこかを、銃弾が突き破っている。連中の船が、不意に速度を落とした。

荷を投下した貨物船は、なに事もなかったように走り去っていく。もしかすると、ただ投下することだけを請負った船なのかもしれない。

航跡は、かなり長くのびる。そこを辿《たど》っていくと、小さな旗を立てた浮遊物が見えた。私はスピードを落とした。

連中の船は白い蒸気をあげ続け、エンジンは止まったようだ。こちらに右舷を見せたまま、流されはじめている。

投下された荷のそばに来た。私は風下に船を回し、少しずつ近づいていった。山南が、フライングギャフをひっかける。柄をはずし、ロープだけにして引っ張りはじめた。船を止めた。荷が、かなりの大きさに見えたので、私は船尾のトランサムデッキに出て、荷を引きあげるのを手伝った。大きいが、それほどの重さではなかった。

アフトデッキで、山南が荷を解いていく。浮かせるために、いろいろなものを包みこんであるようだ。山南の掌から、手品のように小さなナイフが出てきた。切り裂かれ、最後に出てきたのは、小さなビニール袋だった。

「二十キロってとこかな。まあ、こんなものだろう」

二十キロの覚醒剤が、どれほどの値がつくものか、私は知らなかった。覚醒剤常習者の弁護をしたことがあるが、一グラムいくらという単位で買っていたような記憶がある。

私は、フライブリッジに戻り、十五ノットほどで船を走らせはじめた。スクリューの羽根が一枚曲がっている。そう思いこませるための、努力だけはしようと思った。ほんのわずかな時間の全開は、震動を無視して無理をしたと思えば思える。

連中の船は、かなり流されていた。私は迂回するようにして、一キロほどの距離をとり、十五ノットで走った。やがて、船影は遠くなった。

「ところで、連中は遭難かね？」

「そういうことだな」

「助けだけは、呼んでやるか」

「必要ない。自分たちでやってるよ。それに、破損したのが二次冷却水のパイプかなにかだけだったら、自分たちで修理ができないこともない。塩水をぶちこんだって、瀬名港までは帰れる」

「ほかのところも、いかれていたら？」

「無線ぐらい、どの船も持ってるさ。それから救難信号も。船舶電話まで、あの船は備えていると俺は見たね」

「放《ほう》っておけってことか」

「それより、こっちの心配をしろ。投下された荷を俺たちが奪ったってことは、もう黒沢に伝わってると思うぜ」

「伝えるために、やったようなものだ」

「二十キロというと、黒沢にはこたえる量なのか？」

「まあ、俺やおまえを殺しても、取り戻そうとするだろう」

「どうする」

「阿加島へ行こう」

「袋の鼠《ねずみ》だがな、あそこじゃ」

「じゃ、瀬名島だ」

「どっちも、同じだな」

「燃料は？」

「あと四、五時間。巡航で走ってだ」

山南が、煙草をくわえた。レーダーに映る船影は、すっかり少なくなっていた。代りに、瀬名島の島影が映ってきている。

「燃料を満タンにするとしたら、やっぱり瀬名港か？」

「埠頭《ふとう》の端だな。おまえが、チンピラ相手にナイフを遣ったところに、給油車が来てくれる。電話で、スタンドに連絡して来て貰うのさ」

「それは、黒沢に筒抜けか？」

「まさか。離島の漁船で、そうやって給油している連中はいくらでもいる」

「じゃ、あの埠頭まで、全速で突っ走ろう。給油車は、電話で呼んでおくんだ。一時間ぐらいかな。うまくすりゃ、黒沢を出し抜ける」

「燃料を入れて、それからどうする?」

「本土へ帰る。できれば、群先生を乗っけてな」

「群秋生の船だろう、これは。それに、おまえひとりで本土へ帰れるとも思えないね」

「当然、おまえも来るさ」

私は肩を竦《すく》め、スロットルを全開にした。

「今後、危《やば》くなるのは、小山裕だ。消される可能性も出てくる」

「なぜ?」

「小山は、S市の窓口なんだ。物《ぶつ》が届く届かないに関係なく、小山は一定量の物を流す義務を負っているんだよ。もし届かないってことになりゃ、別なところからなんとしても手に入れなきゃならん。わかるか。やつは前金で取ってる」

「そんな取引が」

「あるのさ」

私はもう一度肩を竦め、運転席の脇《わき》の船舶電話に手をのばした。知り合いのスタンドに電話を入れる。ぴったり一時間後に、軽油千五百リットル。そう頼んだ。時間には正確なスタンドで、先に埠頭に来て待っていることが多い。

　予備も入れて、千七百がタンクの容量だった。いまの状態なら、千四百は入るだろう。

「小山裕が危いとして、俺がなぜ行くと思うんだ？」

「おまえと小山が、どういう関係かは知らん。しかし、憎しみや恨みじゃない感情を、俺は感じるんだ。助けられるなら、助けたい。そう思ってるんじゃないのか。それに、物を奪ったからにゃ、瀬名島であろうが離島であろうが、おまえはいられない。わかるだろう、それは」

　黒沢が、放っておくわけがない、ということなのか。つまり、この件をきっちり片付けないかぎり、私は再びこの海で漁はできないということだ。そして、片付けるためには、S市へ行かなければならない、と山南は言っているのだ。

　流されるようにして、この島へ来た。流されるようにして、S市へ行くのも悪くないかもしれない。

「しかしな、山南」

「おまえは、俺と一緒にS市へ行くさ。そこで、俺とおまえが敵味方に分れるかどうかは別としてだ」

　私は、煙草に火をつけた。それきり、山南は喋ろうとしない。

　ぴったり一時間後に、私は埠頭に船をつけた。給油車は、すでに来ていて、スタンドの息子が舫いを取ってくれた。タンクローリーなどとはとても言えない、小型トラックにタンクを積みこんだものだ。

給油の間、私は埠頭に立って街の方に眼をやっていた。なにも起きなかった。黒沢は、血眼で『レッド・デビル』の行方を捜しているだろう。十五ノットというスピードなら、瀬名港になど着けるはずがない。

給油が済むと、すぐに離岸した。

「もし、群秋生が拉致《らち》されるようなことが起きたら？」

「俺も、それを考えていたところだ。群先生はなんの関係もないが、もしそういうことになったら、貴重な体験として我慢して貰うことにしよう。群秋生ってのは、そんなことを喜ぶ男でもある」

「ひどい話だって気もする」

船舶電話が鳴った。

「給油は、済んだのか？」

群の声だった。

「沖で落ち合って、接舷しよう。荷物は積んである。そのまま、本土へむかえるぞ」

「どういうことですか？」

「俺は、鼻が利くのさ。二人で、なにかやらかしたんだろう。俺の身に及んできちゃ、たまらんからな。それで、朝から『ブラック・スワン』をチャーターしていた。いや、船長の山岡ってのが、小魚のポイントをよく知っててね。浅場でアンカーを打って釣りをしてたら、おまえらが瀬名港にむかってすっ飛んでいくのが見えた」

私は笑いはじめた。私や山南より、ずっと抜目のない男なのかもしれない。

「ホテル『夕凪』のクルーザーだ。すぐ近くにいて、群秋生も乗ってる。荷物もまとめてきているそうだ」

山南が、かすかに首を振った。

14　アラーム

チャートには、コースラインが書きこまれていた。

それを見るかぎり、きちんとした航海法で瀬名島までやってきたことが、よくわかった。ただ、コース通りには来なかったらしい。沖縄本島から有馬島《ありまじま》に寄るコースになっていたが、直行だったと山南は言った。

私は、沖縄本島へ直行のコースラインを引き直した。デバイダーで距離を測り、到着時間を調べた。

ほぼ九時間三十分で、沖縄本島の中央部にある港に達する。かなり夜遅くの到着になる。

そこで給油をしておいた方が無難だが、できるのは朝だろう。

操縦の順番を決めた。いまは群が当番《ワッチ》で、フライブリッジにいる。

「そうやってコースを決めて、あとはなにもない海を走る。ちゃんと目的地に着けるのが最初は不思議だったよ」

「いまは、GPSなんてものもある。レーダーもある。夜間航行でも、それほどの不安はないな」

「おまえのサバニは？」

「夜なら、島の明りと星を見て走る」

「その方が、俺にはなんとなくわかりやすいね」

山南は、キャビンから一段低くなったギャレーで、昼食を作っていた。午後一時になろうとしているところだ。

「サンドイッチは、もういいぜ」

「贅沢《ぜいたく》は言うなよ。焼ソバだ。豚肉はかなり入っているが、野菜が少ない」

「食事は、バランスだ」

「船の上じゃ、これがバランスがとれためしさ。おまえのように、何時間も肉を煮こんでたんじゃ、味がおかしくなる。わかるか。揺れてると、肉も酔っ払うんだ」

山南も、時々冗談を言う。おかしくもなんともなかったが、冗談も言わない男とは違うという発見を、私はした。

「あの物《ぶつ》、どうする気だ？」

「さあな。考えちゃいない。考えなくても、俺が物を持っているってことで、状況は動く。それだけでいいんだ」

私は、沖縄本島から本土までのコースラインにも、三角定規を当て、方位の確認をした。群秋生のチャートワークは、完璧だった。

「結構、神経質だ」

「俺がか？」

「群秋生さ。チャートワークを見れば、大体わかる」

「ああ」

そんなことか、とでもいうように、山南はわずかな野菜を刻みはじめた。

私は、冷蔵庫から缶ビールを二本出し、フライブリッジに昇っていった。群にプルトップを引いたビールを差し出す。

GPSを覗きこむと、そこにもコースラインが設定されていて、自航跡はしっかりとその上を辿っていた。

「巻きこまれたかもしれません、群先生も」

「小説家は、いつも他人の人生に巻きこまれたふりをする。人生が事件に変っても同じなんだが」

海は穏やかだった。一年じゅうで、一番穏やかな季節と言っていいかもしれない。本格的な夏になると、台風もやってくる。

不意に、船舶電話が鳴った。

群が無視しているので、私がとった。

「どこにいる?」

黒沢の声だった。どうにかして『レッド・デビル』の船舶電話の番号を調べたのだろう。

「海の上だよ」

「どこの?」

「さあね。世界中の海が、つながっているんだからな。だから、ただ海さ。でかい魚は、いまのところかかってない。もっとも、おかしなものを拾いあげたが」

「なにをやってるか、わかってるんだろうな、木野」

「そのつもりだ」

電話の感度はよかった。海上の通信手段として、いまは一番信頼性がある。日本近海なら、無線より完璧にカバーしていた。

「あれを、どうする気だ?」

「少なくとも、おまえの発想とは根本的なところから違うな」

「どこが違うってんだ?」

「金にしようという気がない」

「先手を打ったのか?」

「別に。しかし、なぜ?」

「あれを買いあげてもいい、という交渉をおまえとするつもりだった。忘れてたよ、おまえが誇り高き男だってことをな」

「思い出したなら、無駄な電話だぜ」

「そうだな」

「切るぜ」

「待てよ。そっちの条件を言え。ただかっぱらったわけじゃないだろう。俺を、どうしたいんだ?」

「別に。俺にとっちゃ、黒沢弘之《ひろゆき》なんてどうでもいい男だね。多分、山南もそう言うと思う。もっとも、山南はおまえを潰す気ではいるが」

「おまえは?」

「俺は、どうでもいい。見当はずれの鉄砲弾を何発かお見舞いされたが、忘れてやるよ。だから、おまえも俺のことは忘れろ」

「馬鹿なことは言うな、木野」

「本心で語ってる。それが馬鹿なことに聞えるんなら、俺は馬鹿なんだろうな」

「俺を、逮捕させることが、目的なのか？」

「俺には、おまえについての目的は、なにもない」

「山南と、話せるか？」

「あとにしてくれ」

「いるんだろう？」

「腹が減ってるんだ。やつは食事係でね。いま昼めしの製作中ってわけさ」

「群秋生は？」

「そばにいる。話したいか？」

黒沢は、しばらく沈黙していた。群は、ビールを片手に舵輪《だりん》を握っている。私の言ったことなど、聞えていないような顔だった。

「群秋生と話したところで、大した意味はないな」

「俺ともだよ。もう切るぜ」

「俺を避ける理由があるのか、木野？」

「ないが、喋り続ける理由もない」

「俺には、抱えきれないほどの、大きな理由があるよ。海の上で、ただ昼めしを待っているなら、話を聞く暇ぐらいあるだろう。違うか？」

「じゃ、話せ」

「同じことを、訊くことになる」

「それなら、答も同じだ」

「俺は、怒ってる」

黒沢の声は、低く、落ち着いてさえいた。受話器を耳に押し当てたまま、私は煙草をくわえ、ジッポで火をつけた。

「殺すぜ」

「その前に、自分が生き延びる方法を考えろよ、黒沢」

「俺には、わからねえんだ。山南は、はじめから嗅《か》ぎ回ってた。厚生省の役人かなにかと思ったぐらいだよ。俺に手を出してくる理由も、俺が知らんところであるんだろうな。だが、おまえが首を突っこんでくるのだけは、わからねえ。なぜ、なんだ？」

「実は、自分でもよくわかってない」

「しかし、理由はあるよな。山南と昔からの友達《ダチ》だとか」

「会ってから、まだ十日も経ってない」

「なあ、木野。俺と一緒に、仕事をしないか。肌がヒリヒリするようなやつだ。夜中に眼を醒《さま》して、まだ生きてる、と冷や汗にまみれて思うようなやつだ。魚を獲《と》ってるより、ずっと生きてるって思えるぜ」

「そんな実感なんかほしくない、という人間がいることが、おまえにゃどうしても理解できないんだろうな」

「俺は、もしかして一番厄介なタイプの男を同時に二人相手にすることになったのかな」

「心臓に弾を食らえば死ぬ。厄介でもなんでもないじゃないか」

「弾を食らってもいい、と思ってるやつにかぎって、弾が避《よ》けて通っちまう」

「とにかく、俺は首を突っこんでる。いや、海の上に漂ってるものを拾いあげた時から、全身どっぷりとつかったんだと思ってる」

「殺すぜ」

「くどいな。そう思っても、電話でなんか言わないもんだ」

「そうだな」

低い声で、黒沢は笑ったようだった。

「近々、会うことになるだろう」

「別に、アポイントは要らんよ」

「俺も、そのつもりはない」

電話が切れた。

私は、自分のビールのプルトップを引いた。

「黒沢からでした」

「ハードボイルドを気取りすぎだ。灰が落ちるぞ」

私の煙草は、灰が長くなって落ちかかっていた。私は、そろりと灰皿に手をのばした。

「いい船ですね」

「どこが？」

「灰が落ちるほどの震動がきません」

「たわ言を吐《ほざ》くな、木野。小僧のたわ言にしか聞えないぞ」

「小僧ですから」

「ところが、ほんとの小僧ってのは、同じように馬鹿だが、純粋でね。人生から逃げたりもしていない。小僧は、こんな事件に遭遇したりもしないんだよ」

「そんなもんですか」

海の色が、明るくなった。潮温も、いくらか違うだろう。濃い色の海面とは、きれいに線で分れていた。

山南が、焼ソバを運んでくる。

「黒沢から、電話があった。またかかってくると思う」

「そうか」

「俺はもう、話すことはなにもない」

私が言うと、山南は軽く頷いた。

「また、やわらかすぎるぞ、山南。もうちょっと、水を減らせ」

「この間より、だいぶ減らしましたよ」

「おまえの焼ソバは、この船では禁止だ」

「ひどいなあ。食いながら、そんなことを言うんですか」

「読みながら、本の悪口を言うやつもいる」

「少なくとも、俺じゃありません。俺は、先生の本は、一冊も読んだことがないんだから。木野は、読んでますよ。ブツブツ、悪口を呟きながら、読むタイプですね」

「今回だけは、我慢しよう。次から、焼ソバは禁止だ」

「本島で、ステーキを食いましょう。港のそばの店、遅くまでやってましたよ。金は、マグロを売ったやつが、たっぷり残ってる」

「あれは、誰の金だ？」

「わからないから、使っちまいましょう。海がくれたようなもんだ」

「三人で飲み歩いたら、あっという間だ」

「だから、いいんじゃありませんか。遠洋のマグロ船の乗組員にでもなった気分でしょうが。そんなの、先生は好きですよね」

「お喋りが嫌いだ。おまえは、この航海に出てから、突然お喋りになった」

「そりゃね。観察されながら、面をつき合わせていたんですから。喋りまくって、自分で煙幕を張るしかない」

私は、焼ソバを食い終えた。別に群が言うほど、やわらか過ぎはしなかった。味も悪くない。

GPSが、アラーム音を出した。設定したコースから、二キロ離れるとアラームが鳴るようにセットしてあるらしい。

群が、大きく右に舵を切ると、アラームはすぐに熄《や》んだ。

15　街

御大層なマリーナだった。

ヨットよりパワーボートが多く、大きなものは六十フィートはありそうだった。

私は、『レッド・デビル』のクルーということで、クラブハウスの宿泊施設の一室に泊まることにした。ごく普通のホテルの、シングルルームといったところだ。街にあるホテルは、かなりの値段らしい。

本マグロを売った金がまだ船内にかなりあって、この街に滞在中はそれを使え、と群は言った。代りに、『レッド・デビル』を上架して、船底の手入れを命じられた。南の海にいたのである。船底塗料は塗ってあっても、微生物はかなり付いているはずだった。

小野玲子《おのれいこ》という、群秋生の秘書が、赤いジープ・チェロキーをマリーナに持ってきて、私にキーを渡していった。レンタカーを借りようと思っていたことを、群は察したのかもしれない。

「あの、ブルーのマセラーティ・スパイダーに乗ってきたのが、若月《わかつき》さん。『カリーナ』という三十二フィートのパワーボートの所有者で、『ムーン・トラベル』という会社の社長です」

「そして、君の恋人か?」

「まさか」

「こんな雨もよいの日でも、スパイダーをオープンで乗っている。金回りはいい男なんだろうな」

「あのマセラーティも、群の所有車ですわ。あとジャガーの十二気筒と。若月さん、群の車をよく走らせてくださるんです。ガレージに置いたままじゃ、エンジンの調子が悪くなってしまいますから」

群は、とうに自宅に帰っていた。山南も、山南の言う俺たちの街へ消えていった。私はひとりで残され、これからなにをやるか考えているところだった。

「よく、南の端の島まで行って、戻ってこられたものだわ。あたしが気づいた時は、もう群は船の上で、これから瀬名島へ行ってくると船舶電話で連絡を受けただけですもの」

こんなことには、馴れているという口調だった。群の愛人なのかもしれない、と私は思った。知的な感じのする美貌《びぼう》である。見た目には高慢な印象もあるが、喋った感じはまるで違っていた。

マリーナの職員と喋っていた若月が、『レッド・デビル』を繋留《けいりゅう》したポンツーンの方へやってきた。

「瀬名島から、四日で戻ってきたんだってな。夜間航行じゃ、山南は役に立たなかっただろう」

馴々《なれなれ》しく声をかけてくる。別にいやな感じではなかった。

「夜食を作ったりしていたよ」

「俺は、若月という。この街へようこそ、と言いたいところだがね。いろいろ面倒を船に載せてきたんじゃないのかな」

私はただ、名乗るだけにした。

「見た通り、豪華ホテルが並んでて、通りもきれいだ。こんなマリーナまである。しかし、ホテルに埋もれるようにして、古い街も残っていてな。新しいものと古いものが、ときどきぶつかって火花を散らす」

若月は煙草をくわえ、ジッポで火をつけた。

「俺は、この街でトラブルがあると、なぜかいつも首を突っこんじまう。トラブルが好きってわけじゃないが。まあ、群先生なんかは、潜在意識がトラブルを求めている、と言っているよ」

「俺は、『レッド・デビル』のクルーだよ。ただそれだけだ」

「俺も、クルーさ。『レッド・デビル』は、誰でもクルーにしちまうんだ。スポンジが水を吸いこむみたいな。そして、ときどき搾る。すると、スポンジだけになっちまう。わかるか、『レッド・デビル』のクルーってのは、その程度のもんだ」

「わからんね」

「まあいいさ。俺はよく、『てまり』って店にいる。群先生もよく現われるよ。酒が飲みたきゃ、そこに来るといい」

「この街じゃ、どんな酒場も高そうだな。特によそ者には」

「この街は、よそ者の街だよ。いまにわかるだろうがね」

若月は、煙草を消したが、吸殻を海に捨てるような真似はしなかった。

「車、いつまで使っててもいいそうです。眠っている時が多いから、派手にエンジンを回してくれ、というのが群からの伝言です」

小野玲子がそう言い、一度頭を下げてマセラーティの方へ歩いていった。

「いい女だろう。群先生に言わせると、まだバージンなんだそうだ。作家志望なんで、それもいいかと、最近じゃ先生も言いはじめてる。前は、彼女のバージンを誰が奪うか、よく喋ってたもんだがね」

小声で言い、若月も小野玲子を追っていった。

私がジープ・チェロキーに乗りこんだのは、夕方だった。霧雨が降りはじめていた。私は須佐《すさ》街道という通りに出、一の辻《つじ》という交差点を左折して、リスボン・アヴェニューに出た。一度曲がっただけで、街道がなぜアヴェニューになるのか、ちょっと滑稽《こっけい》な感じもある。

リスボン・アヴェニューを真直《まっす》ぐに行くと、二の辻というところで日向見《ひなたみ》通りと交差し、トンネルに入る。どうやら、南北の通りはリスボンとかドミンゴとかいう名が付いていて、東西は古めかしい通りの名になっているようだった。

トンネルを抜けてしばらく走ると、S市だった。こちらはどこか薄汚れていて、その分、人間的な感じがしないでもなかった。

人口三十万ほどの、中都市である。走り回るのに、結構時間がかかった。街の中の、ドブ泥が澱《よど》んだような場所。そこは、なんとなく見当がついた。三年も南の小島で暮していると、この程度の街でも大都会だと思えてくる。ちょっと疲れたような気分で、私は来た道を引き返した。

トンネルを通り抜けると、S市とはまるで違う顔を持った街がある。そういうものだろう、という気もする。

私は車を停め、路地の奥にある食堂で、遅い夕食をとった。そんな食堂でも、ドリアなどというメニューがあった。

それから、サンチャゴ通りに車を停め、『てまり』というバーの扉を押した。場所は、食堂の親父が教えてくれたのだ。

「よう、弁護士」

若月の声だった。私は、ちょっと肩を竦め、若月の隣のスツールに腰を降ろした。奥にはブースもあり、五人ばかりの客がそこで飲んでいた。

「ここで飲んでるってのは、君だけのことだったのか」

「たまたまさ。山南も、ときどき暗い顔をして飲んでる。群先生は、酔っ払いのふりだな。この店には、人も集まるがトラブルも集まる。まあ、吹《ふ》き溜《だま》りだな」

「そんな言い方はありませんよ、若月さん」

バーテンが、丁寧な口調でたしなめた。

「確かに吹き寄せられてくる人もいるけど、きちんとしたお客様もいらっしゃいます」

「この男が、きちんとしていると思うか、宇津木《うつぎ》。まるで漁師のように陽焼けして、指なんかごつごつしてる」

「漁師のようにじゃないよ、若月さん。俺はほんとに漁師さ」

「ふん、南の海とここの海じゃ、大違いだぜ、木野。水温が違うんだ、水温が。したがって、魚も違ってくる。おまえの腕じゃ、釣れねえよ。だから、漁師じゃなく、漁師みたいなってわけさ」

「こっちの漁師が南の島に行っても、やっぱり釣れないよ。それでも、俺は多分漁師と呼んでやるね」

私は、バーボンの水割りを頼んだ。ボトルキープをしないかとバーテンが言い、値段を訊いてから私はそうした。

「木野様でございますね」

ネームタグに書いた名を確かめて、バーテンが言う。ジャズがかかっていた。ボーカルに聴き憶《おぼ》えがあったが、すぐには名前が出てこなかった。曲名も出てこない。

「S市、どうだったんだ?」

「あのジープ・チェロキーには、電波発信装置でも付いているのかね?」

「それより、もっと確かさ。この街は、外へ行く道が少ない。昔は、海沿いの道しかなかった。だからS市ってのは、近くて遠かったんだよ。トンネルで結ばれてから、あっという間に行けるようになった。S市からこの街に働きに来ている人間も多い。小野玲子も、S市の呉服屋の娘だ」

「この街から、S市に働きに行っている人間は?」

私は、水割りに口をつけた。

「まず、いないな。もともと、人口もわずかなもんだった。いまは一万八千とか言ってるが、半分はS市からの移住だ。もっとも、昼間の人口は、軽く三万を超えていて、それに観光客もいるわけだが」

「あんたは、若月さん？」

「呼び捨てでいい。俺は、この街の生まれさ。一番よそ者らしいと言われる。俺が生まれたところは、海辺の村って感じのとこでね。この街の新しい部分にとっちゃ、確かに俺はよそ者なのさ」

「船の運航会社か」

「悪くない船だ、と言いたいところだが、大型艇はホテル・カルタヘーナの所有でね。俺は三十二フィートのスポーツフィッシャーマンを一艇持ってるだけだ」

「やくざじゃなさそうだな、若月。この街のやくざは、どこにいる？」

「また、直接的な質問だな。面白いから教えておいてやるが、『かもめ』なんてクラブが、その筋のやつらの経営だね。ただ、この街じゃ、やくざはやくざらしくない」

「S市のやくざか？」

「数年前にいろいろあって、独立性が強いな。本家はS市に違いないが」

私は、水割りを口に運んだ。それから煙草に火をつける。

「ドラッグは、どういうふうに流れているんだ？」

「ほう、ドラッグね。また直接的な質問だ」

「俺がS市を走り回ったのがすぐわかるぐらいに、それについてもわかっているんじゃないかと思って、訊いてるんだ」

「わかってるよ」

「教えてくれ」

「いやだね」

「じゃ、どうやれば調べられる？」

「簡単だ。通りに出て、ドラッグが欲しいと叫んでみろよ。すぐに、誰か売りにくる」

「そういう街ではないな、ここは。売人がどうこうという感じがない。匂《にお》いがしないというのかな」

「いい鼻だ。確かに、ドラッグが蔓延《まんえん》しているというイメージとは、対極にある街さ」

「しかし、ないわけじゃないんだな？」

「教えてやろうか、どこにあるか」

「若月さん」

若いバーテンが、話に割りこんできた。

「よしませんか、そんな話」

「ここはな、おまえの店だろう、宇津木。遠慮する必要なんかなにもないぜ」

「遠慮して言ってるんじゃありません。それに、ここはまだ俺の店じゃないんです。三年で払い終えた時、はじめて俺の店です」

若いバーテンは、この店のオーナーでもあるらしい。ただ、ローンは抱えているようだ。

「まさか、この店で売ってるってことじゃないよな」

私が言うと、宇津木というバーテンが、ちょっと威嚇するような眼をむけてきた。威嚇とは私がそう感じただけで、ただ睨《にら》んだだけなのかもしれない。

「木野さん、冗談でもそういうことはおっしゃらないでください」

「冗談じゃなくなることもあるからな」

若月が言った。

「どうしたんですか、若月さん。おかしいですよ」

たしなめるように言った宇津木の口調の方が、若月よりずっと大人びた響きを持っていた。宇津木が、グラスを磨きはじめる。音楽は男性ボーカルになっている。私はその歌手の名前もわかったし、曲も知っていた。

「俺にそんな言い方ができるのか、宇津木」

「そりゃ、俺は確かに小僧ですが」

「こんな店、潰れちまった方がいいんだ。おまえが潰せよ」

「無茶言わないでくださいよ」

「なんなら、俺が火をつけてやってもいい。冗談で言ってるんじゃないぞ」

「ほんとに、おかしいですよ、若月さん」

「腹が立つんだ。なんに対してだか、よくわからん。この街に対してだな、多分。信じられないような津波でも来て、街ごと消しちまわないか、とこのところよく思う」

「とにかく、俺はこの店は守ります」

「おまえの、そういうところも腹が立つな。こんな店を続けて、須田光二《すだこうじ》が喜ぶとでも思ってるのか？」

「やめてください。マスターは、いつも俺を見てますよ」

須田という名前を、私は頭に入れた。

煙草を消し、自分で水割りを作った。宇津木は、私の手もとにちょっと眼をくれただけだ。奥のブースにいた客が腰をあげ、出ていった。付いていた女の子二人が、見送りに出ていく。店の中は、不意に静かになった。

「山南とは長いのか、若月？」

「いや、この街じゃ、誰も長くなんかない。長いやつは、死ぬんだよ、ここじゃ」

「街が、処刑でもするってのかい？」

「まったくだ。死ぬやつは、この街が処刑する。そうとしか思えないところがある。この街は生きていて、人間に悪意を持ってるのさ」

薔薇園にいる、と山南は言っていた。それはここからだと、神前川《かんざき》という川のむこうらしい。群秋生の家も、川のむこうだった。

女の子たちが戻ってきて、スツールに腰を降ろした。

「女の子たちに、一杯よろしいですか、木野さん？」

宇津木が言い、私は頷いた。

カウンターで、しばらく静かに飲んだ。若月は、時々なにか呟いたりしたが、女の子たちは相手にしていなかった。

客がひとり入ってきた。

「ソルティ、忍《おし》さんを見なかったか？」

「どうせ、『パセオ』だろう」

「いないから、訊いてるんだ。まあいい。ところで、南の島から来た漁師ってのが、こいつか？」

「陽焼けの仕方が半端じゃないだろう」

「ふうん。俺は、波崎って者《もん》だよ。木野か。南の島で漁師をやってる弁護士ね」

波崎と名乗った男は、ボトルにかけた私のネームタグを、軽く指で弾《はじ》いた。

「いろいろ、厄介なことになるぜ、ソルティ」

「いつだって、そうだろう」

「しかしな」

「やめな。おまえは、このところ愚痴が多い」

言って、若月はストレートグラスを呷《あお》った。シングルモルトのスコッチのようだ。

「なあ、木野。こいつは、トラブルを飯の種にしているんだ。どんなトラブルでも、オーケーなんだよ。俺みたいに、潜在意識がトラブルを求めているんじゃない。トラブルがなけりゃ、干上がるのさ。こいつがここに現われたってことは、もうこの街でトラブルが発生してるってことだ。こいつが捜してる忍って男が、また曲者《くせもの》でね。街の守護神のような顔をしながら、平気で人の心を破壊するってタイプさ」

「どうした、ソルティ。荒れてるのか？」

「荒れようもないだろう、この街じゃ」

若月は、自分でウイスキーを注いだ。女の子たちは、つまらなそうに私が奢《おご》った水割りのグラスを持って、奥のブースへ行った。

「きのうの夕方、ハーバーに入ったんだったよな、木野？」

「ああ」

「今日は、なにをしてた？」

「一日、船の手入れだ」

「なるほどね」

波崎はちょっと肩を竦め、若月のグラスのウイスキーを口に放りこむようにして飲むと、それ以上なにも言わずに出ていった。

「ソルティって、どういうことだ?」

「人生の塩辛いところばかりを舐《な》める。それで群先生が命名したんですよ。もっとも、私などが呼ぶと、若月さんは怒りますが」

「ソルティね。悪くないじゃないか」

「おまえが呼んでも、怒るよ、木野」

「そうかい、ソルティ」

「殴り合いをしたいんなら、そう言えよ」

「別に、俺の潜在意識は殴り合いを求めてはいないな、ソルティ」

「やめてください、木野さん。つまらない殴り合いをする人じゃありませんが、今夜の若月さんには、私も責任は持てません」

「おい、宇津木。俺がつまらない殴り合いはしないだと」

「しませんよ、いつもの若月さんなら」

「そうか。いつもの俺なら、しないか」

「だから、変だって言ってるんです」

ブースの女の子たちは、波崎が出ていってもカウンターに戻ってはこなかった。女同士の話でもしているようだ。

「俺は、もう帰る。寝るよ」

「おやすみ、ソルティ」

「俺をソルティと呼んだやつが、何人死んだかな、宇津木？」

「さあ、四人か五人」

「間違えるなよ、木野。俺が殺したんだぜ。ただ死んだんじゃない」

若月は、スツールから降りると、私の肩を軽く叩《たた》き、その手をそのまま振りながら店を出ていった。

「人が死ぬ、というのはほんとうです、木野さん。この街じゃ、よく死にます」

「脅してるのか、宇津木？」

「とんでもない。教えてるだけです。別にソルティと呼んだから死ぬというわけじゃありませんがね。死んで欲しくない人が、死んでいくんですよ」

「いいね」

「そんなことを言う人が、何人も死にましたよ。若月さんは、それを見過ぎたんです」

「君は？」

「私は、ただのバーテンですから」

宇津木が、かすかにほほえんだ。私は、グラスに残っていた水割りを飲み干した。ジャズが、まだ続いている。

16　襲撃

　私は、この街に静養に来たわけでもなければ、まともな方法でやって来たのでもなかった。この国の南の端の瀬名群島から、プレジャーボートで突っ走ってきたのだ。ほとんど強奪したような密輸の荷も、船には積んでいた。

　追って来ている者も、当然いるはずだ。

　それほど多くの時間が、この街にあるとは思えなかった。

　小山裕を見つけ出す方法として、私に思い浮かぶのはこの街からS市の覚醒剤《かくせいざい》ルートを手繰ることだった。よそ者が、すぐにそれに行き着けるとは思えないが、どこかで糸口ぐらいは摑《つか》むしかなかった。

　山南は、川のむこうの薔薇《ばら》園の小屋に籠《こも》りっきりのようだ。連中を出し抜いて海上から拾いあげた荷を、山南がいまどうしているかはわからない。連中は、当然それを狙《ねら》ってくる。小山裕は、南の海域でなにが起きたか、すでに摑んでいるのか。

　考えながら、私はジープ・チェロキーを駐《と》めた場所にむかって歩いた。すでに人通りはほとんどなく、ガス灯を気取ったような街灯の光が、霧雨に濡《ぬ》れた路面を鈍く照らし出していた。

車が一台突っ走ってきて、私を追い越すと停《と》まり、二人降りてきた。とっさに、私は近くの路地に駈《か》けこもうとした。しかし、そこからも二人出てきた。ジープ・チェロキーのかげにいた二人も、姿を現わした。

待ち伏せをされていた。

無論、そういうことも頭に入っていたので、私は無防備というわけではなかった。大型のモンキースパナを、ベルトに差している。船の中で、目立たず武器になりそうなものといえば、それぐらいしかなかった。

そんな武器では、大して役に立たないと、取り囲むようにして近づいてくる六人を見て思った。どこか、まだ甘く見ているところがあったのだろう。

六人の輪が、小さくなってきた。私は、まだスパナを出さなかった。いきなり打ち倒す。しかしそれができたとしても、せいぜい二人までだろう。それから私は、半殺しにされるのか。

六人の中に、小山裕がいるのではないか、と私は眼を凝した。いれば別の対応があるが、いなかった。瀬名島の連中もいない。

やはり、スパナを使うしかない。私はそう考えはじめた。六人が現われてから、まだほんの数秒だろう。私の頭だけが、めまぐるしいほど回転している。

私にはなかった。

「車に、乗ってくれ」

ひとりが、低い声で言った。私は黙っていた。もう少し近づいてくれれば、その男の顔をスパナで叩《たた》き割ってやることができる。とにかく、大人しく連れていかれるつもりだけは、私にはなかった。

「車に乗れ。もう言わないぞ」

私は、その男の方に一歩近づいた。スパナ。腰に手を回す。顎《あご》を狙ったつもりだったが、男は腕でブロックしていた。肉や骨ではない、なにか硬いものを打った感触があった。次の瞬間、私は六人に押さえこまれていた。手も脚も押さえられているので、私はほとんど抵抗らしい抵抗はできなかった。ただ、ふりほどこうと暴れることはできて、数回腹を殴られながら、右側の男の顎に頭を叩きつけてやった。叫び声があがった。

躰《からだ》の芯《しん》に、衝撃が来た。拳《こぶし》で殴られたとは思わなかった。もっと重いものだ。気が遠くなりかけた。その時、私は手と脚が自由になったのを感じた。濡れた路面に、両手をついていた。足音と激しい息遣いが交錯した。なにかが、路面のアスファルトを打った。

両脇から、躰が持ちあげられた。私は立ったが、さっきほど拘束されているとは感じなかった。ふり払うと、すぐに手は自由になった。

「チェロキーのキーを貸せ、木野」

若月の声だった。もうひとりは、波崎だ。

半殺しにされなくて済んだ、ということだけが、かろうじて理解できた。

「おまえ、結構無茶をやるな。大人しく連れていかれりゃいいものを」

いつの間にか、ジープ・チェロキーの中にいた。運転しているのは、波崎だった。私は煙草《たばこ》を探り出し、一本くわえて火をつけた。あまりうまくはなかった。

「二人で、六人を追っ払ったのか？」

「不意討ちだったし、武器も使った。それに、おまえの頭突きを食らったやつは、まだしゃがみこんだままだった」

助手席の若月が言った。

「おまえがどこに連れていかれるのか、ほんとなら確かめたいところだった。俺たちが思った以上に、元気なやつだね」

酒場でちょっと喋《しゃべ》っただけで、こういうことになると二人とも予想していたのだろう。私を、少々ひどい目に遭わせてもいい、とも考えていたようだ。

「S市のやつらか？」

「わからん」

「もう少し、泳がせておけばよかった。俺なら、どうってことはなかった」

「よく言ってくれるよ。俺も波崎も、おまえの命のことを心配したんだぜ」

「余計なお世話だった」

「次からは、どんな時でも無視することに決めたよ」

「ところで、俺をどこへ連れていく？」

「地獄だ。ま、そう思ってろ」

車がどこを走っているのか、およその見当はついた。多分、日向見通りというところだ。このままだと、川を渡ることになる。そこには、広大な公園や植物園や乗馬クラブなどがある。

山南の薔薇園か、と私は思った。若月や波崎が、山南とどういう関係なのかは、まだ掴めない。敵対してはいないようだ、ということがなんとなくわかるだけだ。

川を渡り、道は公園の中に入った。街灯はあるが、さすがに街の中よりは暗くなった。途中で、舗装路から、小砂利を敷きつめた小径《こみち》へ入っていく。砂利の跳ねる音がした。ライトの中に、小屋がひとつ浮かびあがってきた。あまり近づかずに、波崎は車を停めた。ライトが消えると、小屋は闇《やみ》の中に沈みこんだ。

「俺たちだ、山南。木野もいる」

若月が声をあげる。しばらくして、まるで違う方向からライトが当たった。

「こっちへ来てくれ」

山南の声。姿は、影だけにしか見えない。山南は、植込みのそばにいて、手持ちのライトを私たちにむけていた。

私たちが近づいていくと、山南は小屋を迂回《うかい》するように歩き、三度ばかりジグザグをくり返して、ようやく小屋の入口に立った。

「まったく、手のこんだことをしてやがるよ。趣味だね、これは」

波崎が、呆《あき》れたような声で言った。

小屋の周囲には、テグスかなにかが張りめぐらされているようだった。

「俺も、眠りたいからな」

小屋へ入ると、言いながら山南が電灯のスイッチを入れた。小さな白色灯がひとつ点《つ》いた。コンクリートの床が、そのまま剝《む》き出しになっている。隅にはトイレやシャワーがあるようだ。そして小さなベッドと、折り畳み椅子《いす》がいくつか。デスク。棚には、薬品などが並んでいる。物置を事務所兼用にし、さらにベッドを置いたという恰好《かっこう》だった。

「ここに、住んでいるのか、山南？」

「これも、趣味さ。ワンルームのマンションをひとつ持ってるが、あっちには週の半分もいない。薔薇を見守っていたいんだよ、こいつは」

煙草に火をつけて、波崎が言った。

「こんな時間に、三人で現われるってのは、なにか起きたってことだな」

私が、波崎や若月と一緒にいることを、山南は不思議とも思っていないようだった。

「木野が、襲われてね」

「早いな」

「ここは、警戒したんだろう。なにしろ、籠ってるやつが、籠ってるやつだ」

若月が言った。

「このままだと、木野はまたやられる」

「俺は知らんよ」

「同じ船で戻ってきたんだ。そうとばかりは言えないだろうが」

「木野には、木野の理由がある」

「だろうな。S市やこの街の、覚醒剤のことを、熱心に知りたがってた。しかし、襲われたのは、だからじゃないと俺は見ている」

「俺が連中から奪ったのは、十五キロの覚醒剤と、五キロのコカインだ。木野は、それがどこにあるかも知らん。俺と木野は、はじめから違うところにいるんだ」

私は黙っていた。山南が言ったことは、当たっているとも当たっていないとも言える。

私は、この街に覚醒剤が溢《あふ》れようと、どうでもいいのだ。ただ、小山裕を見つけたい。

なぜそうするかは、あえて考えなかった。亜希子の弟だ、ということだけでいい。

「とにかく、おまえはこの件に関しては、はじめからひとりでやりすぎる」

「他人を巻きこめと言うのか、ソルティ?」

「最後には、俺も波崎も巻きこまれるね。いや、もう巻きこまれている。姫島《ひめしま》の爺《じい》さんと忍さんが、動きはじめた気配もあるしな」

「誰がどう動こうと、なにもできはしない。俺は、そう思ってる」

「やってみなけりゃ、わからんさ」

「その気はない。俺は俺でやるよ、ソルティ。おまえらがどう動こうと勝手だが、彼女に手出しはさせない」

「俺たちも、彼女をどうこうしようってわけじゃないさ。姫島の爺さんも、多分そうだろう」

「帰れよ、三人とも」

「木野を、置いていく」

波崎が言った。

「こいつは、瀬名島から関《かかわ》っているんだろうが。関係ないとは言えんさ」

「そうだ、山南。彼女とも会わせてやれ」

若月は、棚にあったウイスキーのボトルをデスクに置いた。流し台の棚にはグラスもあるようだ。それを四つ、若月は洗った。

「俺は、木野がなぜ首を突っこんでるのか、知らないんだよ、ソルティ。木野には、そうする理由があるらしい、とわかっているだけでね」

「俺だって、そんなことは知りたくもないな。ただ、木野が信用できるのかどうかってことだけだ。どうなんだ、山南？」

「信用はしている」

「なら、それでいい。一緒にいろよ」

「守ってくれと、頼んだわけじゃない。木野も、守られたいとは思っていないだろう。俺と木野を一緒にしておきたいのは、ただ守りやすいからだ、という理由だけじゃないのか」

「守る気はないよ。俺が守りたいのは、彼女だけでね。それも、彼女のためではなく、須田さんのためだね」

須田という名は、どこかで聞いたような気がした。『てまり』で、宇津木と若月の会話の中に、確かその名前が出てきた。

「おまえたちの守り方は、どんな守り方なんだ。彼女を守るんじゃない。結局は、この街の秩序を守りたいだけじゃないのか」

「それが、彼女を守ることにもなる、と思ってるんだ、山南。波崎は、ただ忍さんに命じられただけだろうが、俺は、そう思ってるよ」

「余計なお世話だな。彼女は、一般的な意味から言うと、守られるべき存在でもなくなっている。むしろ、その反対じゃないか」

「そこまで、細かく考えるなよ。まあ、一杯やろう」

若月は、グラス四つにウイスキーを注《つ》ぎ分けた。

「まったく、おまえら二人は、この街の番犬だな」

「おい、おかしな言葉を遣うなよ。番犬なんて言ってると、姫島から水村《みずむら》がやってくるぞ」

「水村ね」

山南が、グラスのウイスキーを呷《あお》った。

「あいつはともかく、姫島の爺さんは、この件についてどれぐらい知ってる?」

「爺さんの、情報網を甘く見るなよ」

「おまえらより、ずっと怕《こわ》いと思ってるよ、ソルティ。爺さんが彼女をどうする気なのかが、一番気になっている」

「どうする気かな」

若月も、ウイスキーを呷った。

爺さんとか彼女とかいうのが誰なのかは、まったくわからなかった。ただ、彼女という存在が、山南にとっては特別なものらしい、と私には感じられただけだ。

「俺は、S市に行くよ、若月」

グラスに手をのばし、私は言った。

「おいおい、面倒なことを言い出さないでくれよ。また襲われたいのか」

「俺の用事は、S市にある。そこにいる、小山裕という男に会いたいんだ」

「おい、波崎、小山だとよ」

「小山とどういう関係なのかは知らないが、やつならこの街だ」

　薬品の棚を眺めていた波崎が、ふり返って言った。

「この街の、どこだ？」

「それは、わからん。S市からこっちへ来て、潜伏していることは間違いないな。小山が使っているやつらが、しょっちゅうトンネルを通ってる」

「じゃ、この街で小山を捜すことにする」

「理由を訊《き》く気なんかないがね。いまはやめておいてくれ。というより、いずれ会える。会うことになるね」

「俺の方から、会いに来たんだよ」

「いまは、無理だ。とにかく、ここにいろ。車は、俺たちが持っていく。どうしても車が必要になったら、山南の軽トラックがここにあるはずだ」

「行こう、波崎」

　若月が言い、波崎が頷《うなず》いた。

　二人が出ていってしばらくすると、外で派手な音がした。張りめぐらされたテグスに、どちらかが足をひっかけでもしたのだろう、と私は思った。

「殺しにかかっちゃこなかったんだろう、木野？」

どう襲われたのか、と山南は訊いているようだった。

「すぐにはな。どこかへ拉致《らち》しようって感じだった。俺が暴れたんで、ちょっとやられることになったがね。あの二人が出てきて、やつらを追っ払ってたんだ。俺が気づいた時は、追っ払っちまってたね」

「そういうやつらさ」

「おまえは、ここで、ただ襲われるのを待ってるのか？」

「いや、薔薇の手入れがある。しばらく留守をしたんでね。病気にかかりかけている薔薇の株があるんだ」

山南は、私に出ていけとも言わなかった。

17　ナイフ遣い

山南が起き出したのは、早朝だった。

霧のような雨が降っている。山南は小屋の隅の流し台のところで歯を磨くと、長靴を履いて出ていった。

私は、小屋の出口のところから、山南の姿を見ていた。山南は、ポリバケツを積んだリヤカーを押しながら、薔薇園の小径に入っていった。私は、小屋の周囲を見回した。やはり、釣用のテグスが張ってある。高さがまちまちで、明るくてもうっかりするとひっかけそうだった。

小屋の周囲は薔薇ではなく、何種類かの木が枝をのばしていた。手入れはされている。私は煙草をくわえて、山南の動きを追った。山南の躰は、時々かがみこみ、次第に遠ざかると、別の小径を徐々に進みながら戻ってきた。リヤカーのポリバケツには、色とりどりの薔薇が切って放《ほう》りこんである。

「ふうん、よくもまあ、同じ長さの薔薇ができるもんだ」

ポリバケツごとリヤカーから降ろした山南は、手早く棘《とげ》を取り、水切りをすると十本ほどまとめて縛り、別のポリバケツに入れた。

全部で、二百本ほどある。濃い赤と黄色が多かった。使いものにならないらしい薔薇が、三本放り出してある。私はそれを手にとった。棘がついている。どこといっておかしなところはないように見えた。

「どこが駄目なんだ、これは。商品にならないから、別にしてあるんだろう？」

「花の首に力がない。こういうのは、三日ぐらいでうなだれてくる」

「三日間は、売れるんじゃないのか？」

「客が買って、すぐにうなだれる。そんな薔薇を売ると、店の信用に関る」

「市場に出すんじゃないのか?」

「全部、『エミリー』に入れる。そういう契約で、俺は薔薇を作ってるんだ」

「しかし、よく同じ長さになるな?」

「長さの合わないものは、小さな蕾《つぼみ》の時に摘んじまうんだ」

喋りながら、山南は手を動かし続けていた。この手が、アキレス腱《けん》を素速く縦に裂いてしまうようなナイフを遣うとは、とても思えなかった。

「肥料は?」

「自分で作る。化学肥料は、土が瘦《や》せちまうんでね」

「感心したよ」

「なにを?」

「殺し屋から、よく薔薇作りに転向できたもんだ。いや、殺し屋の方は、まだ続けているのかな。腕は落ちてないようだしな」

山南は、返事をしなかった。薔薇を全部まとめると、ポリバケツを軽トラックの荷台に載せはじめる。私は、軽トラックの助手席に乗りこんだ。

「なんの真似《まね》だ、木野?」

「おまえと離れるな、と若月や波崎に言われてる。昨夜みたいに、いきなり襲われるのもいやだしな」

山南は、頷きもせず軽トラックのエンジンをかけ、発進させた。トラックが通れる道だけには、テグスなど張っていないらしい。

神前川を渡ると、そのまま街へ入っていった。ようやく、街は動きはじめたというところだった。『エミリー』という花屋の前で、山南は軽トラックを停め、ポリバケツを降ろしはじめた。

女がひとり、店から出てきた。もう若くはない。どこといって特徴のない女だが、時々はっとするような暗い雰囲気を見せた。やりきれないような暗さだ。

「俺は、木野って者《もん》ですがね。小山裕を捜してるんですよ」

「小山君？」

山南が、私と女の間に入った。険しい眼《め》をむけてくる。

「知ってるんですね？」

「さあ」

女は、ちょっと山南に眼をくれ、店の中に戻っていった。

「どういう気だ、木野？」

「いまの女、小山裕を知っていると思った。だから訊いたのさ。知ってたじゃないか。もうちょっと、お話がしたかったね」

「知らんよ」

「おまえ、あの女に惚《ほ》れてるな、山南。もう抱いたのか？」

充分に注意していたので、私は山南のパンチを退《さ》がってかわした。それでも、顔のあたりが痺《しび》れたようになっていた。

抱いたかどうかは別として、山南はあの女に惚れている。それは、まともに受けたら二、三メートルは吹っ飛んだと思えるいまのパンチが、かなしいほどはっきりと証明していた。

「よせよ、山南」

「殴ろうって気はなかった。手が出ちまっただけでね」

「あの女に惚れるのはやめろ、と言ってるんだよ。ちょっと暗すぎる。暗い同士じゃ、洒《しゃ》落《れ》にもならんぜ」

山南が横をむき、荷台に残ったポリバケツを店の中に運びこんだ。

私は、軽トラックの助手席に戻った。煙草に火をつける。戻ってきた山南は、なにも言わずにセルを回した。

「俺が襲われて、おまえがなぜ襲われないんだ、山南？」

「おまえも、すぐにはもう襲われないさ。俺と一緒にいるかぎりはだが」

私は、ちょっと躰をずらして、左側のミラーを覗《のぞ》きこんだ。

「バイクが二台。携帯電話を持って動いていて、なにかあると、すぐに十台、二十台集まってくる。多分、『スコーピオン』という店で待機しているはずだ」

「つまり、おまえが、瀬名島の海から持ってきた物《ぶつ》のところへ行ったらってことか?」

「そんなんじゃない。『スコーピオン』のママってのは、ソルティの恋人さ」

つまり、若月がオートバイの連中を見張りにつけている、ということなのか。それなら、若月は組織の一員ということになる。

「この街のドラッグは、若月が動かしてるってことかい?」

「誤解するな。あいつは、つまりガードをつけてるんだ。あいつが声をかけりゃ集まってくるって連中が、この街とS市に二、三十人はいる。なにか、おかしな魅力を持ったやつでね。芯に暗いものを持っているのに、慕われたりするんだ」

「まあ、そんな兄貴風は吹かせそうな男だが」

「羨《うら》ましいと思うこともある」

「あんなタイプの男が、一歩間違うと、やくざ者のいい顔になったりするんだ。決して親分にはなれないが、若い者に慕われて、あまり長生きもしないってやつだ」

「そうかもしれん」

「常時、護衛つきか」

「戒厳令を出したのさ。薔薇園の小屋にも、いつも二人張りついている」

「族《ぞく》か?」

「さあ。『てまり』の宇津木は以前は暴走族のいい顔で、若月を兄貴みたいに思ってる。

ほかにも、そんなのがいる」

「俺は、この街で、ただ安全でいたいとは思っちゃいない。おまえと離れて、ひとりで小山を捜した方がいいかな」

「好きにしろ。俺と一緒にいる方が、小山とは会える可能性が高い、とは思うが」

「連中も、そう言った」

私は、窓から煙草を捨てた。

「なぜ、そんな真似をする？」

「ちょっとばかり、汚してやりたいような気分になる街だ」

「ソルティと同じだな」

神前川を渡り、植物園の敷地の中に入った。馬が三頭、馬場を駈《か》けている。観光客が馬に乗っているという感じではなく、本格的な乗馬スタイルだった。

「優雅なもんだ」

「ソルティも、そう言う。言うだけじゃなく、クラクションを鳴らして、馬を驚かせたこともある」

「俺は、言うだけさ。ところで山南、あの『エミリー』の女主人」

「その話は、やめろ」

「小山裕を知ってる。多分、いろんなことに絡んだ女だ」

「小山君、と言ったからか？」

「花屋の明るさがない。ごく普通の印象なのに、暗さが目立ち過ぎる。どこか、崩れてもいるね。ひどく不健康に、崩れている」

「それぐらいで、やめてくれないか、木野」

頼むような言い方だったが、殺気に似た響きを孕《はら》んでいた。

私は、口を閉ざした。花屋の女は、ほかでも調べられるだろう。

小屋に着いた。

中に入って、私は足をとめた。脇腹《わきばら》に、刃物が突きつけられていた。山南の頭には、拳《けん》銃《じゅう》だった。何人なのか、私は数えた。八人。折り畳み椅子に腰を降ろしている男は、痩せた中年で、ちょっと憂鬱《ゆううつ》そうな表情をしていた。

「俺がなぜ、黒沢みたいな男のために働かなくちゃならないんだ、と思うんだが」

男は、眼を細めて山南と私を見較《みくら》べた。

「金になるかもしれん。なら、相手が黒沢であろうと、ちょっと動いてやろうって気にもなる。ほんとは、土手っ腹に一発ぶちこんでやりたいようなやつだが」

山南は、なにも言わなかった。

「留守の小屋にまで、見張りをつけておかなかったってのが、若月の野郎の手落ちだな。いや、あいつがプロじゃねえっていうことか」

「よく喋るね、プロにしちゃ」

私が言うと、男がにやりと笑った。

「ここで騒いで、外の連中に知らせようって気か、おまえ？」

「感じたことを言う。俺の性格だな」

「性格ってやつは、変えられるもんだよ。俺は、気に入らねえやつの性格を、すっかり変えちまったこともある」

あとの七人は、無表情だった。私は脇腹の刃物に眼をやった。そのまま柄まで刺されれば、突き抜けてしまいそうなほど長い。

「あんまり手間はかけたくないんだがな、山南さん。あんたが、物《ぶつ》を持ってるってのは、確かなことだそうじゃないか。俺に渡してくれりゃ、それで終りだよ」

「それを、黒沢に返すのか？」

また私が言ったので、男は視線を私にむけてきた。しばらく、なにも言わず私を見つめたままだった。

「おまえも、よく喋るな。そんなお宝を手にして、はいどうぞって返すやつがいると思うか。黒沢とは、やり合うことになるさ」

「小山裕はどっちだね。あんたの側か、それとも黒沢か？」

「小山ねえ」

男が煙草をくわえ、デュポンで火をつけた。

不意に、私は腹に強烈な蹴《け》りを食らった。躰を折り、膝《ひざ》をついたところに、また蹴りがきた。息ができなかった。頭の中が白くなったような感じになり、気が遠くなった。

気絶していたのがどれほどの時間か、よくわからなかった。コンクリートのざらついた感触が、頬《ほお》にある。

男の、低い話声が聞えた。山南は、相変らず拳銃を突きつけられて立っているようだ。声は聞えない。

私は、腕を突っ張り、立ちあがろうとした。デュポンを開閉する、澄んだ金属音がした。次の瞬間、私はまた腹に蹴りを食らっていた。気絶はしなかった。衝撃が、躰の中を駈け回っただけだ。

私は背中を丸め、こめかみを庇《かば》うような恰好でじっとしていた。

「俺らだって、いままでは黙って見逃してきた。大した量じゃなかったんだしな。だけど、今度のは量が違うぜ。それが全部この街に流れるとしたら、放っとくわけにゃいかねえ。S市の客まで、こっちに引き寄せられちまう」

靴が、コンクリートの床を擦《こす》る音が聞えた。

やはり、まだ八人いるのか。私は頭だけ動かし、靴の数を数えようとした。三人まで数えたが、それからは見えない場所になった。

「やめておけよ」

山南の声だった。

「この街に手を出して、おまえら何度も火傷《やけど》してるだろうが」

「この街に手を出せばさ。今度は、おまえに手を出すだけでね」

「俺に手を出すか。甘いな」

「自分の恰好を見てから言いなよ。とにかく、あれを出しな。出せば、須田の女房も、おかしなことにゃならねえ」

須田という名は、頭に入っている。今度は女房まで出てきた、と私は思った。とにかく、この状況をなんとかすることだ。八人。私は腹を蹴られていて、躰が動くかどうかわからない。山南は、拳銃を突きつけられている。

山南は、どこまでやる気があるのか。小山裕は、この男たちと関係はないのか。

「おまえが、なんで黒沢の物《ぶつ》をかっぱらったのか、俺は知らねえよ。知ろうって気もねえ。俺は、おまえが大人しくそれを出してくれりゃいいんだ」

「黒沢は、甘い男じゃない」

「わかってるさ。だけどな、うちにゃ六十人からの若い者《もん》がいるんだ。いくら野郎が歯噛《はが》みしたって、手は出せねえさ」

「いや、おまえは甘い」

「小山に、俺に張り合える力があると思ってるのか？」

「俺はただ、おまえが甘いと言ってるだけだよ」

「いろんなやり方がある。それは知らねえわけじゃねえだろう、山南」

不意に、空気が動いたような気がした。短い叫び声があがった。私が首をあげた時、ひとりがうずくまり、椅子に腰かけた男の首筋に山南がナイフを押し当てていた。

「甘いと言っただろう。プロを相手にする時は、拳銃一挺《ちょう》ぐらいで安心するな」

「待てよ」

「小山は、どこだ？」

「知らねえ」

「じゃ、おまえに用はない。死ね」

「待てよ。ほんとにわからねえんだ。この街に入りこんだ。わかってるのは、それだけだ。小山のとこの若いのも、血眼になって捜し回ってる」

「知ってれば、生きてる価値がある。知らないんなら、死んじまえ」

叫び声があがった。山南のナイフが、男の首筋で動くのが見えた。血が噴き出している。男は手で首筋を押さえ、それを見つめ、また叫び声をあげた。

「意気地のないやつだ。おまえのようなのが、人を苛《いじ》める時は残酷になるんだよな」

山南のナイフは、また男の首筋に当てられていた。

「ここの切り方は難しい。動脈に触れるか触れないかってところで止めてある。動脈が切れてりゃ、血の噴水の中で、おまえは死んでる。怯《おび》えてる暇もない」

山南のナイフが、またちょっと動いた。うずくまっているもうひとりの男は、肘《ひじ》の裏側を切られているようだ。コンクリートの床に、拳銃がぽつんと転がっていた。

「ひと思いに殺すのが、俺はあまり好きじゃない。特に、見物人が多い時はな」

ほかの男たちは、立ち尽していた。私はゆっくり上体を起こし、拳銃に手をのばした。ずっしりした重さが、掌《てのひら》に伝わってきた。

「俺の腹を蹴っ飛ばしたのは、どいつだ？」

私は、拳銃を構えて言った。リボルバーで、引金を引けば弾は出るはずだ。

「よせ、木野。とにかく、俺はこいつの始末をつける。おまえは一緒にいない方がいい。そこの連中を、外へ追い出して、おまえも出てろ」

「待てよ、待ってくれ」

男が、叫ぶように言った。

「おまえがこの街で動いたんだ。海に浮いてたって不思議はない」

「俺は、ほんとに知らねえんだ、小山がどこにいるのか」

「だから、もう用はない」

私は、拳銃を六人の男にむけた。

「待ってくれ。取引をしたい」

「ほう」

「黒沢が、どこにいるか、知ってる」

「どこだ？」

「S市のセンターホテル。間違いなく、そこに泊まってる。きのう、来た」

「黒沢は、なぜこっちへ来ない？」

「ひとりだからだ。俺たちに頼るしかなかったんだ。小山が、どうしても見つからない。小山が使ってる連中も」

男は喘《あえ》いでいた。ナイフは、まだ首筋に当てられたままだ。

「黒沢がひとりというのは、おかしくないかな。瀬名島でも、人は使っていたし」

「ひとりだ。やつは、そう言った」

「わかった」

山南の手が、巻くように男の首に回った。いつの間にか、ナイフは顎の下にあった。ナイフの力が加えられているのか、吊《つ》り人形のように立ちあがった。

「立ってるやつから、外へ出ろ。ここへは、二度と来ようと思うなよ。人間を肥料にすると、薔薇の色が冴《さ》えるんだ」

うずくまっているひとりも、立ちあがり、右肘を押さえたまま出ていった。

「俺を、その気にさせるなよ。その気になったら、俺はおまえの背後にいる。どこでなにをしていようがだ。俺をその気にさせた時が、おまえの人生の終りだ」

そのまま、男を外へ押し出した。

男たちが、去っていく。どこか遠くへ車を停めているのだろう。二人を支え、駈けるようにして姿を消した。

「八人を相手に、なんの抵抗もさせず、ナイフ一本で完全に呑《の》んじまってた。大変なもんだね、プロの殺し屋ってのは」

「おまえが余計なお喋りをして、蹴り倒されてくれた。それだけで、相手の気は緩む。賭《か》けの要素はあるが、あそこで二人ともボロ布のようにされるよりはましだろう」

「肘を切られた男、しばらく右腕は使いものにならないだろうな」

「しばらくじゃない。一生だ。後ろにいるやつに、手加減はできないからな」

「おまえ、いつもナイフをどこかに忍ばせてるのか？」

「いや。手品みたいに、出したい時に出てくるだけだ」

私は煙草をくわえた。まだ、胃がむかついていた。

黒沢が、Ｓ市のセンターホテルにいる。それは多分間違いないことだろう。黒沢が、ほんとうに小山と連絡がとれていないのかどうかは、わからない。

「須田の女房というのが、『エミリー』の女主人だな」

半分は、確信があった。

「だったら？」

「須田って男は？」

「死んだよ」

私は、ちょっと肩を竦《すく》めた。

車が突っこんでくるような気配があり、ひどい音がした。張ってあるテグスを、引きちぎったようだ。

ドアが開き、若月と波崎が入ってきた。

「芳林会が来たって？」

小屋を見回しながら、若月が言った。

「二人、怪我《けが》をしてたって話だが」

「おまえの護衛は、当てにならんな、ソルティ。火事が消えてから、のこのこ現われる消防車ってとこだ」

「留守の小屋に入りこんで、待ってやがったか。盲点だった」

「考えりゃ、わかることだ」

山南が言うと、若月は肩を竦めた。

「それで、なにか情報は？」

「追い返すので、精一杯さ。木野は、サッカーボールみたいに蹴られてた」

「太田《おおた》だな、芳林会は？」

波崎が、窓際の木箱に腰を降ろして言った。

「太田の欲で動いた。そんな感じだった。小物ほど、欲に動かされる」

「とりあえず、芳林会はもう来ないな」

言って、波崎がキーを放ってきた。勝手に動き回っても、もう安全だということなのか。

「手詰りかね、お二人さんは？」

「どういう意味だ、木野？」

「図星らしいな、ソルティのその口調じゃ。次は俺を囮《おとり》にして、小山を誘い出そうってことじゃないのかね」

「さすがに、腕っこきの弁護士だ。頭の回転は速いな」

「山南がまるで協力的じゃない。それなら、俺を餌《えさ》にして釣るしかないわけだろう」

「おまえ、小山に会いたがってた。餌になってくれるよな」

「ごめんだね。事情もなにも知らなくて、囮に使われてたまるか」

「ある程度なら、説明できる。それから先は、俺たちにもわからん」

私は頷いた。

山南は、棚の薬品をいじりはじめていた。誘うような素ぶりを波崎がしたが、無視している。

私は、二人と一緒に小屋を出た。赤いジープ・チェロキーと、シルバーグレーのポルシェがいた。

18 花束

この街で、ひそかにコカインが捌《さば》かれているのがわかったのは、半年ほど前だという。

「街の人間に対して、出回ったんじゃない。客に対してだ。ここのホテルは、セキュリティが厳しい。売人が簡単に入りこめるような状況じゃない」

若月が言った。波崎は途中で別れ、どこかへ行った。

若月の恋人がやっているという、『スコーピオン』の隅の席だった。カウンターの中にいる、髪の長い女が恋人なのだろう。若月が紹介しようとしなかったので、私は黙っていた。

「こういう場所で、売られていたわけじゃない。註文《ちゆうもん》すると届く。そういうシステムができあがりつつあったんだ」

「註文すると、届くか。囮捜査には、すぐひっかかるぜ」

「巧妙だった。実は一年以上も前からそうやって売られていたらしいんだが、まったくわからなかった。ホテルの部屋に届けるっていうやり方でな。ホテルの従業員が、コカインを配って歩いていた、ということになる。ホテル・カルタヘーナも神前亭も、みんなそうだった」

「しかしそれは」

「あるんだ。いや、あったんだ、そういう方法が」

「そうか、あれか」

ひとつ思いついて、私は言った。

「もしかすると、『エミリー』から花が届けられていたんじゃないのか？」

「おまえ、漁師にしておくのは、勿体《もったい》ないな。波崎の代りに、トラブル処理をやらせたいぐらいだよ。波崎は、それを突き止めるのに、何か月もかかった」

「薔薇とコカインか。粋《いき》な街だという気もするな」

「それに、覚醒剤まで混じりはじめた」

「しかし、客を相手で、そんなに捌けるものなのかな」

「客は、次々に入れ替わる。延べ人数にすると、相当な数だ。おまけに、それを求めに来る人間というのもいる」

「そういうやつは、まとめて買うな」

「それでも、そんなに大量だったというわけじゃない。売人の組織ができはじめた。それは、S市を中心に売っているんだが」

「小山は？」

「そのトップだ。もっとも、チンピラの組織なんで、トップと言っても大したもんじゃない。その小山が、この街でも巧妙にやりはじめたところだった」

「山南の目的は、小山を潰《つぶ》すことか？」

「違う。まあ、それも含まれるが、やつが南の島まで出かけていってあんな真似をしたのは、まるで違う動機だ。個人的なことで、それについて俺は言う気はない。山南に訊いてくれ」

「この街のドラッグが、瀬名島の黒沢から、小山に流れているルートだとわかったから、やつは瀬名島に出かけていったんだろう？」

「それは、そうだ」

「もうひとつ、教えてくれ。須田というのは、どういう男なんだ？」

「そこまで知ってるなら、教えてやる。若いころは東京にいた。この街が発展しはじめたら戻ってきて、『てまり』という店を開いた。俺や波崎がやってるようなことを、やっていたんだろうと思う。そして、死んだ」

「わかった。俺は囮になろう。ただ、断っておくが、あんまりいい餌じゃないかもしれん。小山裕は、俺の義弟になる」

「首を突っこんでいる理由は、それか？」

「こだわりはじめた。女房が、おかしな死に方をした。多分、俺の仕事の絡みでね。それで俺は、弁護士という仕事を捨てて、南の島へ行った。忘れるつもりだった。そこで、小山という名を聞いた」

若月が、煙草をくわえ、カウンターの中になにか合図した。

「まったく、この街にゃまともな野郎は流れてこないな。それは感心するぐらいだ」

「おまえも、そうだろう、ソルティ」

「俺は、もともとはここの生まれさ。まあ、流れているうちに戻ってきちまった、というところはあるがね」

ソルティと呼んでも、若月はなにも言わなかった。

「複雑な街だ。大部分を、久納《くの》一族というのが所有しているが、これが二つ、いや三つに割れて、いがみ合っている。古い一族でね。もともとこの街の人間というのは、大抵は久納一族の家臣っていう家系さ。いまも、久納一族は力を持っている。財力も、因習的な支配力も。それが絡んでくるので、この街の事件はいつも複雑だ」

女が、二杯目のコーヒーを運んできた。

悪い味のコーヒーではない。阿加島の小屋で、私は結構凝ってコーヒーを淹《い》れたりするが、かなり手がかかっているとひと口飲んでわかった。

「ホテル・カルタヘーナと神前亭。この二つが、直接的に久納一族の所有で、いがみ合いの代表だな。表面的には、うまくやっちゃいるが」

「あるいは三つ、と言ったぜ、さっき」

「姫島という島がある。そこにひとり大物がいる。実力的には、この人が一番だろう。ただ、中立というか、超越した立場にいる。心の底じゃ、こんな街など消えてなくなればいいと思っているところがあってな。厄介な爺さんさ。俺たちは、姫島の爺さん、と呼んでる。会長と言うやつもいる」

「およそ、理解はできた」

「命は、保証しない。できるかぎりのことを、俺と波崎はやるが」

「わかった。それで、俺はどうしていればいいんだ？」

「なにも。ガードなしで、この街をふらついていてくれればいい。若い連中が、ときどき眼障りになるかもしれん。それを我慢してくれりゃいい」

「小山裕に会ったら？」

「どうするか、決めていない。とにかく、山南が、ドラッグの元栓は締めてきた、という状態になってる。ドラッグが欲しい客から、苦情が出はじめているだろうと思う」

私は、コーヒーを飲み干した。

「いけるね」

「なにが?」

「ここのコーヒーさ。結構な手間をかけて淹れてる」

「俺の趣味だ。俺の口に合うようなコーヒーをあれは淹れている」

そういう言い方で、若月は自分の恋人なのだと教えているのだろう、と私は思った。ちょっと蓮っ葉《はすっぱ》な煙草の喫《す》い方をしているが、若月の恋人だと思って見ると似合っている。

「それじゃ、俺は行く。まず、この街がどうなってるのか、走り回ってみることにするよ。群先生の車は、そのまま借りていっていいんだな」

「どうせ、ガレージで眠ってる車だ。船はともかく、車は持ち腐れだな」

私は立ちあがり、カウンターの女にちょっと手をあげて、『スコーピオン』を出た。

まだ、霧雨だった。

南の島から較べると、肌寒く感じるほどだ。

通りを縦横に走り、小さな路地に入り、海沿いの道を五、六キロ走った。

この街の外界との通路は、海沿いの道が一本と、トンネルだけである。昔は、海と山に挟まれて、ほとんど孤絶したような小さな村だったのだろう、と想像できた。

夕方まで走り回ったが、なにも起きなかった。ちょっとした聞き込みもしたが、久納一族の名前など出なかったし、ドラッグで事件が起きたという話も聞けなかった。芳林会というのが、S市に本拠を持つやくざだ、ということがわかったぐらいだった。

私は、『エミリー』の前に車を停め、中に入っていった。

女主人と、女子高生のような店員がいる、ありふれた花屋だった。生花の匂《にお》いに満ちている。私は、クーラーケースの中にある、黄色い薔薇を指さした。

「三本でいい」

若い店員が、花を選びはじめる。

「須田さん、今朝、小山裕の話が途中になっちまったんだが」

「そうでしたね」

「急いで、会わなくちゃならん」

「あたしもですよ。うちの花の配達は、ほとんど小山君に頼んでいたんですから」

「つまり、どこにいるか知らない、と言いたいわけだね？」

「教えてくれます？」

「瀬名島の黒沢が、いまどこにいるかということならね」

女は返事をせず、ほとんど表情も動かさなかった。

「ホテルの各部屋に、アレンジの花を届けたりするそうだね」

「商売ですよ」

「花だけかね、届けてるの？」

「どういう意味です？」

「噂《うわさ》を耳にしたんでね。まあいい。あんたの亭主、なんで死んだんだ？」

女の表情が、はっきりと変った。

三本の薔薇の花束が、きれいにできあがっていた。私は、言われた金額を店員に渡した。

「須田は、死んでません」

「死んだって聞いたがな。死人が生き返っちまったか」

「死んでません」

心の中では死んでいない。女はそう言っているのだろう。眼には、強い拒絶の色がある。

「小山裕ってのは、俺の義弟でね。といっても、何度か会ったぐらいだ。最後は、女房が死んだ時だった」

女の表情が、また動いた。拒絶の色は消えていない。

「小山に会ったら、俺が会いたがっていた、と言ってくれ。木野という者だ」

私は、薔薇の花束を持って店を出た。

まるで影のように、男がひとり助手席に乗りこんできた。実際のところ、車に乗りこんでキーを差すまで、男が近くにいることさえ気づかなかったのだ。

「黙って、車を出しな」

私はセルを回した。

「花束がある。あんたの尻《しり》の下じゃないか？」

「真直《まつす》ぐ、ハーバーの方へ行ってくれ」

男は、ここにあるというように、花束を出して私の行く方向を指した。

「名乗るぐらいはしてもいいじゃないか」

車を出しながら、私は言った。隙《すき》はなかった。殺気のようなものがあるというのではないが、隙はなく、私がなにをやろうとしても、その前に気づいて止めるだろうという気がした。

「水村という者だ」

「用事も、ついでに言ってくれ」

「ハーバーへ行く」

「タクシーを使えよ。歩いたって、それほど時間はかからん」

「おまえと一緒にさ」

「俺が、行きたくない、と言ったら？」

「行くさ。現に、いまハーバーにむかって走ってる」

花束が、目の前に突き出された。私は、十字路でハンドルを切ろうかと考えたのだ。結局、切らずに直進した。

「ハーバーで、なにをする？」

「それは、着いてからだ」

私は諦《あきら》め、黙ったままハーバーまで車を転がした。

降りると、男は私と肩を並べ、ポンツーンの方へ歩いていった。五人乗りぐらいの、ランナバウト。男がエンジンをかけ、私を促した。私は、後部座席に腰を降ろした。すぐにランナバウトは動きはじめた。離岸など、水際立った腕だ。

十分ほど、沖へむかって走った。

大型の船が見えてきた。貨物船でもタンカーでもなく、立派なクルーザーだ。ただ、三百トンはありそうな、ばかでかいやつだった。

舷側《げんそく》のタラップに、ランナバウトは着いた。

19　メガ・ヨット

居住区の二階部分で、居間に使われている部屋のようだった。

男が二人、私を待っていた。ひとりは小柄な老人で、もうひとりはがっしりした躰つきの中年の男だった。二人とも威圧感を与えてはくるが、危険な匂いはしなかった。

「座ってくれ。無理に連れてきて悪かった」

若い方が言った。私は、革張りのソファに腰を降ろした。除湿機でも作動しているのか、革には湿気でベトついた感じはまったくなかった。

ここに、小山裕がいるということがあるのだろうか。私は、考えはじめていた。囮である私が、ここへ連れてこられたのだ。

しかし二人とも、標的を捕えたという感じも、囮に騙《だま》されたと気づいた気配もなかった。私と会うために、ただこの船まで連れてきた、そうとしか感じられないのだ。

老人の眼は、皺《しわ》に隠れて、開いているのか閉じているのか、よくわからなかった。そのくせ、老人の視線だけは、私はしっかりと意識していた。

「忍信行《のぶゆき》という者だ。ホテル・カルタヘーナの社長をしている」

いきなり、この街の大物が出てきたということか、と私は思った。しかし、久納という名前ではなかった。

船が、ゆっくりと動きはじめている。

「山南と一緒に、瀬名島から来たんだな、君は。荷物も、一緒だった」

私は煙草に火をつけた。灰皿が置かれているので、禁煙ということはないのだろう。

「訊いてるんだよ、木野？」

「黙秘権てのは、ここじゃ認められないのかな」

「警察じゃない。それに、無理に喋らせようって気もない」

「監禁と同じじゃないか、これは」

「かたちがこうなってしまったことは、謝る。われわれは、正確な事実が知りたいだけだ。

君が、最も詳しいだろうと判断した」

「どういう判断も勝手だが、俺が喋らないというのも勝手だと思う。まったく気に食わない街だな。いろんなやつが襲ってくるし、豪華客船みたいなクルーザーには乗せられるし」

「これでも、穏やかにやったつもりだ」

「まあ、殴られちゃいない。いまのところね。だから、無理に連れてこられた、と言い立てる気もない。そして、喋る気もない」

「なぜ？」

「こっちが、そう訊きたいね。俺に訊かずに、山南に訊けばいいことだ」

「やつに喋らせるのは無理だ、と判断した。ソルティも波崎もそうだ」

「なんだってんだ、あんたら。山南は、芳林会とかいうところのやつに、襲われたりしてるんだぜ。いずれ、誰かが山南に喋らせる」

「誰も、やつに喋らせることはできん。われわれはただ、やつが持ってきた荷物が、販売網に乗ることを阻止したいだけなんだ。それで、解決も見えてくる」

「ホテル・カルタヘーナの社長さんだよな。でかいホテルだ。一泊、十万以上するのに、いつも客で一杯なんだってね。そんな大企業の社長さんが、コカインや覚醒剤でひと儲《もう》けしようってのか」

「ひと儲けなんて量じゃないんだろう。そういう匂いを嗅《か》いだから、山南も瀬名島まで行った」

「薔薇の花と一緒に、コカインどころか覚醒剤まで、この街にばら撒《ま》かれるってわけか。いい気味だね、こんな街がドラッグに汚染されるのは」

「小山裕の、義兄なんだそうだな？」

「確かに、俺は小山を捜してる。会わせてくれるんなら、この街へ来た用事はそれで終りってことになる」

「終らんな。君は、深く関りすぎている。小山に会うということは、さらに深く関っていくということにしかならん」

確かに、そうだった。囮の役まで、引き受けているのだ。瀬名島で、山南を尾行した時から較《くら》べると、ずいぶんと深入りをしている。身の危険も、一度や二度ではなかった。

「俺がどういうふうに関ろうと、あんたらに関係はない。極端な言い方をすれば、山南とも関係ないんだ」

「信行」

老人が、口を開いた。

「この若いのと俺たちの目的が、それほど違うとも思えん」

「しかし、会長」

「麻薬など、どうでもいい。俺たちは、山南や美知代《みちよ》を死なせたくない。若月や波崎もだ。そしてこの若いのは、小山という小僧を死なせたくないんだ。違うか、若いの？」

会長と呼ばれた男。つまり、姫島の爺さんとも呼ばれ、久納一族の対立の中で、超然とした立場を取っている長老ということになる。想像した姿とは、かなり違っていた。

「どんな理由があるかは知らんが、おまえは小山を死なせたくないんだろう」

「名乗りもせず、おまえ呼ばわりか。礼儀を知らん爺さんだね」

「おまえの、二倍以上生きている。礼儀だなんだというのは、何十年も前に忘れた」

不思議に、私は無礼を働かれたという気分にはなっていなかった。ただ言ってみただけだった。

老人は、皺の奥の眼を私の方へむけていた。どこか淋《さび》しそうな眼《まな》ざしだ、と私は思った。ドラッグの奪い合いなどとは、およそ無縁だという気もした。

私は煙草を消し、窓の外に眼をやった。船は、かなりのスピードで走っていた。揺れは、ほとんどない。梅雨のころのこの時季、気圧配置はあまり動かないので、本州の海域も静かなものだった。

「確かに、小山裕を死なせたくない、と俺は考えていますよ」

「ならば簡単な話だ。山南が運んできた麻薬を、焼くか、街にばら撒くかすりゃいい。あの麻薬がなけりゃ、誰も死ななくて済む」

「会長、それは刺激的過ぎます。あれだけの量をばら撒けば、街ごと麻薬に汚染されますよ。会長は、それを望んでおられるのかもしれませんが、あそこで働いている者も多くいます」

「だからどうした、信行。虚業を失って、みんな正業に戻ればいいだけのことだろう。それぐらいの職場は、いつでも俺が提供してやる」

「やはり、過激です。それまでに、どれだけの不幸が起きると考えておられますか？」

「麻薬に手を出すから、不幸になる。不幸になりたくなければ、手を出さなければいいだけの話だ。道徳がどうあろうと、国が規制しようと、手を出すやつは手を出して、滅びていく。それが人間だ、信行」

老人の眼は、まったく動いていないように見えた。小柄な躰からは、怒りとも悲しみともつかない気配が漂い出している。

「美知代も、須田があの街に殺されたと思っている。あの娘は、街に復讐《ふくしゅう》しようとしているんだ」

老人の眼から、光が消えた。そう思ったのは錯覚で、ただ眼を閉じただけだった。

「俺も、須田を死なせたのは、あの街だと思っている。美知代の手助けをしてやりたいぐらいだな。麻薬に汚染されて、廃墟《はいきょ》のようになったあの街を、見てみたいもんだ」

「同時に、会長は須田美知代も山南も、死なせたくない、と考えておられるのでしょう？」

老人は答えず、軽い咳《せき》を二度しただけだった。

「だから、麻薬はわれわれが手に入れ、処分してしまわなければならないんです。木野をこの船に連れてきたのも、そのためです」

「聞いたか、若いの。あの街の平和のために、麻薬が必要なんだそうだ」

「平和のため、ですか？」

「つまらん、うわべだけの平和さ。あそこは芯の方から腐りはじめている。俺の鼻には、何年も前から腐臭が感じられるよ。ただ、街と一緒に腐らせたくない人間も、何人かいる。この男の話を聞いてやれ、若いの。俺は、おまえのためになにかしてやれるが、それはこの男との話の成行次第だ」

「結局、麻薬が欲しいんですね？」

「本気で言ってるのか、若いの？」

「俺は、麻薬なんかは、どうでもいいんですよ」

「なら、なにも持たず、飛行機とか車とか列車で、しかもひとりで、小山という小僧を捜しに来ればいい。理由はどうであろうと、おまえはあの街まで、麻薬を運んできたんだ。その責任はとれ」

「自分のやり方でね。それが、正しい責任の取り方でしょう」

「正しい、と言ったな、おまえ。正しいことが、この世にどれだけあるか、考えたことがあるか。弁護士は、口先だけでできる商売だろうが、ほんとうの責任は、口先じゃ取れん。それもわからない小僧か。俺は、おまえを使うことには反対だった。ここにいる図体《ずうたい》だけでかい男が、おまえを使いたがった」

「自分のやり方というのは、つまり誰にも使われずにということですよ」

「若月や波崎と、一緒にやることにしたんじゃないのか。おまえが自分でできるのは、せいぜいマグロでも釣りあげることぐらいだ。わかったな、小僧。この男と、どうするか相談しろ」

　これで終りだと言うように、老人は腰をあげ、軽く手を振って船室を出て行った。

　私はしばらく、窓の外の海に眼をやっていた。およそ二十五ノット。それでも、揺れはほとんどない。その気になれば、三十ノットは軽くオーバーする性能だろう。

「飲むかね」

　忍が、棚からグラスを二つとラムの瓶を出した。

「久納義正《よしまさ》。われわれは姫島の爺さんとも呼んでいる。頑固で、強情で、びっくりするほど人間的な男でもある。厄介な爺さんだが、俺は嫌いじゃない」

　忍が、二つのグラスをラム酒で満たした。

「あんたは久納一族じゃないのか？」

「いや、いまいましいが、一族だよ。妾《めかけ》の子だから姓は違うが、久納義正は俺の叔父に当たる。異腹の兄が、ホテルのオーナーで、俺は代理で社長をやっているようなものだね。勘弁してもらいたいところだが、事情があって兄は社長をやれん」

テーブルのグラスに、私は手をのばした。

「須田という男は？」

「あることで、死んだ。久納一族のために、命を投げ出したってとこかな」

「山南は、美知代っていう須田の女房に、惚れてるぜ」

「みんな、それを知ってる。だから、強硬なこともできない。須田とは違う意味で、山南も命を投げ出すことを、なんとも思っていない男だ」

「殺し屋だろう、ナイフを遣う？」

「殺し屋が、女に惚れちゃいかんかね。美知代のどこかに魅《ひ》かれたんだろう。須田もそうだったがね」

「須田ってのは、それなりの男だったみたいだね、忍さん」

「ソルティと波崎を足して二で割ったってとこかな。俺の旧《ふる》い友人でもあった。親しいというのではなかったが、認め合っていたと思う」

私は、グラスのラムを飲み干した。忍が、また注いだ。見馴れないラムだが、味は悪くなかった。船が、ゆっくりと方向を変えていた。

「須田ってのは、やっぱりよそ者かい？」

「いや。代々、あの街の出だ。美知代もそうさ。あの街の人間には、久納一族に対して特別な思い入れがある。特殊と言ってもいいかもしれん。それはソルティならある程度理解できるだろう。しかし、波崎にも山南にも、理解はできない」

「あんなピカピカの街に、久納一族のためにという、昔ながらの因襲が残っているってわけですか、忍さん？」

「すぐには信じ難いだろうが、色濃く残っている」

私は、二杯目のラムを呷った。

「小山裕は、この街の生まれじゃない」

「だから、ドラッグを持ちこむことにも、ためらいはなかった」

「須田美知代は？」

「この街の血が濃すぎる。それで、自分の人生が、二転三転した。男と女の間も、愛憎という領域に入ってくれば、複雑で測り難いものが出てくる。それと似ているんだろうな」

「直接には、亭主が死んだことが原因で、変ったということですか？」

「それまでは、平凡な女だった。この街から加えられた心の傷は抱いていたが、花の好きな平凡な女だったよ」

「ドラッグは、ホテル・カルタヘーナを中心にして売られていたんですか？」

「それと、神前亭。アレンジの花に巧妙に隠されていた。『エミリー』の花は、あの街の高級どころのホテルが、ほとんど使っている。部屋へ飾る小さなアレンジの花籠《はなかご》は、恰好の隠し場所だった」

私は、三杯目のラムを自分で注いだ。

黒沢が、台湾からのドラッグを瀬名島へ入れる。そこから、S市の小山裕に流れ、さらに須田美知代のところへ流れ、そこからホテルにばら撒かれる。山南は、台湾から黒沢というルートを遮断した。

私は、これまでの経緯を反芻《はんすう》するように思い返した。

「組織は、どれぐらい関っているんです？」

「まったく。あの街に関しちゃ、どこにも組織は関っていない。すべて、須田美知代ひとりが窓口さ。小山裕は、その実務の担当者で、美知代と小山が組織と言えば、そう言えないこともないが、美知代抜きではなにも成立しない」

「ならば、難しいことじゃないって気がするな。須田美知代を、徹底的に押さえてしまえばいい。抹殺したっていい。あの街は、それぐらいのことはやりそうだ。そして、どこか汚れる。芯の部分がね。だが、表面的なドラッグの汚染は、きれいに拭《ぬぐ》い去られる」

「問題は、須田が死んだことさ。それが、あの街の負い目なんだ。俺の負い目でもあるし、爺さんの負い目でもある。久納一族の負い目だろう。それを、美知代はうまく使っている。そして、街を汚染してしまおうとしている。愛憎の、憎の部分が強くなった結果だな」

「つまり、負い目があって、須田美知代には誰も手を出せないってことですか？」

「それだけなら、まだいい。どこかに、共感したくなるようなところがある。いまいましい街だと思いながら、誰も毀《こわ》せずにいた。それを、美知代はひとりでやろうとしているんだからな。実に効果的な方法で、それをやろうとしている」

「なぜだということも、忍さんをはじめ、さっきの爺さんや、ソルティや波崎にはわかっているんですね？」

「わかっている」

「山南は、違うでしょう？」

「あいつは、自分が愛した女が、ドラッグなどを扱うのが我慢できん。それだけのことなのだと思う」

「あいつが一枚嚙《か》むだけで、ひどく複雑になっちまってますね」

「そういうことだ。おまけに、おまえさ。これ以上、複雑にされるのは、ごめんだからな。だから、われわれとの協力関係に立って欲しい」

「俺は、ひとりですよ。山南より、ずっとひとりですね」

忍は、なにも言おうとせず、外の海にちょっと眼をやっただけだった。

「俺は自分で考え、自分で動きます。それが、ひとりである特権です」

「山南は、花を愛するように、美知代を愛してしまった。だから、孤独さ。ひとりきりでも、花は愛せる」

「つまり、山南と美知代の間には、なにもないってことですか？」

「ない」

「信じられんな」

「そういう男さ。はじめに気づいたのは、群秋生だった。さすがだね。言われて、俺たちも、そうだと気づいた」

「わかりましたよ」

　私は、三杯目のラムを飲み干した。

「あの爺さん、久納義正は、なにを望んでいるんですか？」

「最終的に望んでいるのは、何事もなかったように、美知代と山南が一緒になることだろう。そして、二人でどこか遠くで暮す。あの街とは無縁のところでな」

「殺し屋と、ドラッグ売りの花屋。似合いと言えば似合いですが、まず無理でしょうね。山南が、花を愛するように、美知代を愛しているんじゃ、なおさらだ」

「爺さんは、それを望んでいる。ドラッグなど、どうでもいいんだ。もし手に入れたら、海に捨てる。いや、海を汚すのは嫌いだから、焼いちまうかな」

「そういう人ですか」

「俺など、信じられないほど純粋なところがある。欲もない。それで、事業は成功した。

それを喜んでもいないし、誇りにもしちゃいないがね」

「忍さんは、どうしたいんです？」

「ドラッグを、処分したい。美知代は花屋、山南は薔薇作り。それ以外のことは、やらせたくない。つまり、ドラッグの影だけを、あの街から消しちまいたい」

「虫がいいな」

「確かにな。今度のことで、山南は美知代を遮っている、という恰好になっている。それを美知代がどう思うかわからんが」

「山南が、わざわざ瀬名島へ行った。元栓を締めたい、という理由だけですかね？」

「美知代の気配だろう。最終段階が近づいた。という気配を読みとった、と群秋生は言っていた。山南だけがわかっただろうともな。事実、一年あの街にはドラッグが流れこみ続けていたが、今度の量だけは、半端じゃなかった。およそ、五年分の量だ」

街を憎んでいるから、汚してしまう。そんな感情が、ほんとうにあるのだろうか、と私は思った。ついでに、金も入る。それならば、人が行動の動機とする感情として、いくらかは理解できる。

「俺に、なにをやらせたいんです」

「すでに、囮にはなっているんだよな。ただ、ソルティや波崎が考える程度の囮だ。街をぶらつかせて、襲わせる。そこから、小山を手繰ろうというのだろう」

「いけませんかね、それじゃ」

「黒沢は、そんなやわなやつじゃないはずだ。もっと切れる男だと、俺は見ている」

「知ってるんですか、黒沢を？」

「会ったことはない。須田が東京にいたころの、弟分だそうだ。名前だけは、須田から聞いたことがあった。ソルティも波崎も、まだ甘い。須田を相手にするつもりでかからなけりゃ、足を掬《すく》われるだけだ」

「やつは、瀬名島じゃ山南にしてやられましたよ」

「おまえの力もあったからさ、木野」

「黒沢が、須田の弟分ですか」

「会ったことがあるんだろう。どういう男なんだ？」

「確かに、切れますね。人は使っていても、一匹狼《いっぴきおおかみ》ですよ。そういえば、相棒なんかは持たないことにしている、と言ってた。勝手に先に死んじまわれたんで、もう懲りたってね」

「今度のことは、美知代と黒沢が組んではじめたことだ。相棒とは言えんだろうが、黒沢は美知代をよく知っているはずだ」

「黒沢が、美知代を利用した？」

「わからんな、それは」

「乗りかかった船ってわけじゃないな。もう乗っちまった船だ。現実にも、こうやって船に乗ってるってのは、皮肉ですがね」

「やってくれるか？」

「最終的には、俺の判断で動きますよ。それまでは、やりましょう」

「恩に着るぜ」

「こんなやり方で？」

「そう言うな。おまえに会いたい、と爺さんが言ったのさ。爺さんは、滅多なことじゃあの街に足を踏み入れない。それに、訊きたいこともあったんだろう」

「なにも、訊かれなかった」

「訊けなかったのさ」

　忍の言う意味が、私にはよくわからなかった。この件とは別のことだとでも言うように、忍はそれ以上なにも言わなかった。

20　本マグロ

　モーテルが、何軒かある。あとは、倉庫のような建物ばかりだった。

　車の中で、私は待っていた。ありふれた、白い国産車である。ほかに、駐車している車はいなかった。

私は、煙草に火をつけた。ミラーに、ヘッドライトが映っている。それは近づいてきて、追い越し、数軒先のモーテルへ入っていった。十分ほどで、四台の車が通ったが、全部モーテルへ入った。

約束の時間まで、あと五分というところだった。

車も、助手席のアタッシェケースも、S市の二十数階建のビルで、久納義正から受け取ったものだった。

『ラ・メール』というあのメガ・ヨットは、姫島という島の港に入港した。私はそこから、水村が操縦するヘリコプターで、S市のビルの屋上まで飛んだのだ。

姫島の爺さんは、ただの地主というわけではなく、S市の最大企業のオーナーでもあり、それで会長とも呼ばれているのだった。

会長室で渡されたのは、物騒な代物《しろもの》だった。会うべき相手の電話番号も、久納義正は教えてくれた。車は、水村が手配したもので、キーだけ渡され、地下の駐車場から出てきたのだ。

時間を潰すためにS市内を二時間ほど走り回り、ここへ来た。

煙草を消した。

大して、緊張はしていなかった。二百キロの本マグロをひっかけた時と、似たようなものだった。しばらくは、引き合いになる。耐えなければならない時もある。しかし、ラインが切れないかぎり、必ず魚はあがる。操船を間違えないこと。無理をして、力任せに引き寄せないこと。この二つを守れば、まず間違いはないのだ。

自動販売機で買ってきた、清涼飲料のプルトップを引いた。検問などにかかると面倒なので、アルコールは飲まないことにした。

それにしても、私にはもってこいの役どころだった。

つまり、私はいい擬餌《ルアー》というわけだ。少なくとも、若月や波崎が考えた擬餌より、ずっと魚をひきつけるはずだ。

遠くに、ライトが見えた。私は、煙草をくわえた。それを、一本喫《す》い終えるまで、車は近づいてこなかった。スモールランプに落とし、こちらの様子を見ているようだ。

一度だけ、私はパッシングをした。

スモールのまま、車は近づいてきた。乗っているのは、ひとりだけのように見える。

「降りてくれ」

行き合う位置で停まり、サイドウインドを下げて男が言った。それほど若いとは思えない声だが、闇で顔を確かめることはできなかった。私は、車を出し、十メートルほど進んでまた停めた。むこうも同じぐらい進んでいたので、車と車の間隔は二十メートルほどになっていた。

ライトは消したが、エンジンは切らなかった。

しばらくミラーを見ていると、ようやくドアが開き、男が降りてきた。私も、助手席のアタッシェを持って降りた。

やはり、ひとりのようだ。もっとも、後部座席でうずくまっていたら、この闇では見えはしない。男が、数歩近づいてきた。

「ひとりだろうな、約束通り」

「こういう話し合いでは、常識だよ」

私が言い、男が答えた。やはり、あまり若くはない男だった。

ゆっくりと歩み寄り、数歩の距離まで近づいた。

「見せて貰《もら》えるかね？」

私は、黙ってアタッシェを開けた。男が近づいてくる。アタッシェの中は、小さなビニール袋が十個である。

「確かめたいんだが」

「好きなのを、自分で選べよ」

私は言った。

男の手が、のびてきた。ひとつひとつの袋に触れ、ひとつを選び、手にとった。

しばらく、男は袋の中身を確かめていた。表情は、やはりよく見えない。

「これが、いくつあるって?」

「全体の数量は、言えない。とりあえず、一億だけの取引をしたい。それがうまく運べば、また一億だ」

「いつまで、続けられる?」

「さあね。数度で終りか、半永久的に続くか。そっちの払いがどうかってことも、関係してくる」

「続けていけば、信用もできるということだな。やり方としては、賢明だ」

「確実にやりたいんでね」

私は、アタッシェを閉じようとした。

「もうひと袋、調べさせてくれ」

「やり方としては、賢明だ」

ジョークを飛ばしたつもりだったが、男は反応を示さなかった。また同じように触れ、端のひとつを手にとった。

久納義正が私に預けたのは、一キロの覚醒剤だった。あの男なら、その気になればたやすく手に入れられるのだろう。そして、どういう人間が取引の相手として適当かも、調べられる。

「まず、一億か」

「次も、一億さ。一度で、それ以上の取引はやらんよ」

「どれぐらいの、日数を置く？」

「取引の間隔は三日」

「最初の取引は？」

「明日の夕方。場所は、一時間前に連絡する」

「待てよ。明日の夕方までに、一億も現金《ナマ》を集められない」

「おたくが駄目なら、別の相手を捜す」

　この男は、一億集めるために、走り回らなければならないはずだ。それも、久納義正が調べあげていた。金庫から現金を出してバッグに詰める、などという経済状態ではないという。しかも、金を必要としている。一億の取引で、この男は五千万儲けられるはずだった。

「あさってまで、待てないか？」

「駄目だ。明日の午後五時」

「はじめは、五千万の取引でどうだ？」

「帰るぜ」

「待ってくれ」

　男が息を吐いた。闇の中でも、それがはっきりとわかった。

　この男は、二百キロの本マグロではなかった。二百キロのマグロを釣るための、生き餌《え》というところだ。

「コカインもある」

「ほんとか？」

「俺とまともに取引しようとしたら、半端な金じゃ済まんぜ」

　この男は、やくざではなかった。組織に何割かは渡しているが、組織とは関係ない人間を使い、売り捌く。危険な時だけ、組織が出てくるというやつらしい。それで、組織も警察から眼をつけられにくくなる。

「一億、なんとしてでも、揃《そろ》える」

「どんな金でも構わんよ。洗うシステムに乗せるんでね」

「洗うのか？」

「この御時世じゃ、それぐらいのことをやらなきゃ、安心していられない」

「まったくだ。あんたは賢明だよ。取引の相手としては、申し分ないな」

「いくらほめても、明日の夕方五時、というのを変更する気はない」

「わかった」

　私は、アタッシェを閉じ、踵《きびす》を返そうとした。

「どれぐらいあるのかだけでも、教えてくれないか？」

「おたく次第だよ」

「つまり、常時入ってくるルートがある?」

「さあな。倉庫ひとつ分ぐらい、溜《た》めこんでいるのかもしれないぜ」

「いや、ルートがあるはずだ」

大した大物ではなかった。やはり、マグロの餌の鰹《かつお》というところだ。余計なことを気にしすぎる。そして、それを口に出す。

「こっちが一億用意するかぎり、あんたは何度でも取引してくれるんだな」

「トウシロじゃないんだろう、おたく。だから、俺は連絡した。つまらないことを、訊くなよ。物《ぶつ》がダブついたら、値が下がる。そこまでの取引はしない」

「そうだよな」

「頼りないな、おたくは。俺の情報じゃ、安全な相手ということだったが、ただ安全なだけか」

「私のことを、どこで?」

「厚生省のリスト」

「なんだって?」

「冗談さ。ただ、おたくは余計なことを訊きすぎる。こんな取引じゃ、それは嫌われるだけだ。お互いに、なにも知らない。物《ぶつ》と金がある。それだけで、充分だろう」

「まったくだ」

「じゃ、明日」

「一億揃わなかったら？」

「いまの評判を、落とすね」

私は、自分の車にむかって歩きはじめた。背後は警戒していたが、なにも起きはしなかった。私はアタッシェを助手席に放り出し、車に乗りこんで、闇の中で発進させた。

しばらくして、ライトを点けた。

トンネルの方へむかった。

私のねぐらは、ホテル・カルタヘーナということになっている。尾行してくる車がいないかどうか注意していたが、気配すらもなかった。

ねぐらなどという言葉が、およそ似つかわしくないことは、門を入ってすぐにわかった。夜中だというのに駐車場にはガードマンが立っていたし、車を降りた時はベルボーイが駈けつけてきた。運んで貰う荷物などない。

私はフロントでサインしただけで、ベルボーイが運転するカートでコテッジに行った。コテッジには、それぞれ専属のメイドが付いているらしく、お辞儀をした初老の制服の女に、私は引き渡された。

風呂《ふろ》の仕度だけを頼んで、私はメイドに引きとってもらった。

海に面した、広大な敷地である。コテッジは、それぞれが見えないような造りになっているらしい。窓を開けると、海の気配だけが流れこんできた。

忍がやってきたのは、風呂を出た時だった。

「とんでもないホテルですね、ここは。王侯の気分にでもひたろうって人種が、大金をはたいてやってくるんですか？」

「そうでもない。中小企業のオーナーなんてのもいるよ」

「やつら、金は持ってるからな」

私は、バスローブを着こみ、すっかりいい気分になっていた。冷蔵庫から、ビールを出して飲む。缶ではなく瓶で、薄い高級そうなグラスが付いていた。

「ここに、覚醒剤とコカインが流れた。それも、一年にわたってだ」

「いいことじゃありませんか。こんなところ、正気じゃ泊まれない」

「姫島の爺さんと、同じことを言うじゃないか。おまえをここに泊めたことについちゃ、気にするなよ。空いている部屋は、ホテルにとっちゃ無駄なんだ。メイドも、遊ばせておくことになる。それなら、おまえのようなやつを無料で泊めて、感謝された方がいい」

「別に、感謝はしていませんよ」

忍は、黄色のポロシャツに、グリーンのチェックのパンツという、ラフなスタイルだった。ネクタイを締めているより、この男はその方が似合う。

「明日、午後五時。四時に、場所の連絡をしますよ」

「この街の中にしろ。中央広場だ。神前川を挟んで、ハーバーのむかい側になる」

「そうですね。そこまでは、御指示に従いましょうか」

「それからは？」

「俺の判断ですね」

「それもいいさ。命を落とさないようにな。姫島の爺さんは、甘いことを人に強要したりはしない。どういうことになるか、もう計算しているだろうよ」

「俺も、そう思いますね」

「明日か」

南の海域で強奪したドラッグは、私の手の中にある。そう理解されるはずだ。それで、私がどれほどの目に遭うことになるのか。

明日の夕方には、それがわかる。

「おやすみ」

私は、ビールのグラスをちょっと持ちあげた。

忍は、まったく表情を変えなかった。

21　トンネルの中

夕方まで、私はホテルにいるつもりだった。

何年ぶりで豪華ホテルなどというものではなく、私にははじめての経験だった。鈴を鳴らせば、メイドが現われる。どんな時でも、食事はできる。ビールが飲みたければ、ビールとひと言で済む。風呂もそうだ。

私は、テラスで朝の食事をし、ゆっくりとコーヒーを飲み、数種類の新聞に眼《め》を通した。バスローブの肌触りが心地よい。霧のような雨が降っていたが、それもまたよかった。テラスは半分ほど屋根に覆われていて、よほど風でも吹かないかぎり、濡《ぬ》れることはない。

コーヒーが、いい香りをあげている。

それを愉《たの》しんでいた時、コテッジの入口で人の声がした。

「ソルティか」

ちょっと興醒《きようざ》めして、私は腰をあげ、居間の方に戻った。

「よく入れたな、このホテルに」

言ってから、私は若月の会社がホテルの本館の一室にあることを思い出した。大型のヨットまで、運航している会社だ。

「きのう、なにがあった？」

「いろいろあったさ」

「水村に連れられて『ラ・メール』へ行ったのか？」

「水村ってのは？」

「姫島の爺《じい》さんと、なにを話したんだ？」

「誰だね、それは？」

私は、束《つか》の間《ま》でいいから、豪華ホテルの客の気分でいたかった。若月は、私をただ現実の中に引き戻そうとする。

「囮《おとり》を引き受けてくれたじゃねえか？」

「確かにな。だけど、俺が海に拉致《らち》されていく時も、誰も助けようとしなかった。やつらだったら、俺はいまごろ魚の餌《えさ》かもしれん」

「水村だったから、誰も手を出さなかったんだ、木野。下手に手を出すと、肋骨《ろっこつ》の一本ぐらい折られちまうからな」

「ほう、そんなに」

「拳法《けんぽう》をやりやがる。そこらの大学の空手部のやつらが、三人ばかりでかかって、ものの五秒もしないうちに、みんな倒れて呻《うめ》き声をあげていた」

「俺には、友好的だった」

「水村は、誰に対しても、友好的じゃない。ただ爺さんの意志のままに動く」

「自分の意志は？」

「どんな人間にも、意志はある。自分の意志を消してしまうのが、あいつの意志だな」

若月は、卓上の煙草《たばこ》入れに手をのばし、備えつけのライターで火をつけた。灰皿も、クリスタルグラスの、高級品だった。

「爺さんと、どんな話をしたんだ。そして、なぜここに泊まってる？」

「爺さんとは、つまらん世間話をした。そして、金があるから俺はここに泊まってる」

「なあ、木野。おまえは囮になるってことを約束してくれたんだ。どういうことだったのか、俺に説明してくれてもいいいと思うぜ」

「俺は、囮をやった。ひっかかってきたやつもいる。そこで、おまえらが動こうと動くまいと、それは勝手だ。動かずに、俺に説明だけしろってのは、虫がよすぎる」

「友だちの、命がかかってるかもしれん。それから須田さんの奥さんの。俺だって、ぎりぎりのところで、ここを切り抜けようとしてるんだ」

「勝手に切り抜けてくれ。ここにいるのだって、俺は囮をやってることになるかもしれん。それで、おまえも波崎も、勝手に動けばいいんだ。俺に対する期待が過大でも、それはおまえらが勝手に持ってる期待だ。雇われているんじゃない」

若月は、憂鬱《ゆううつ》そうな表情をして、眉《まゆ》の根に皺《しわ》を寄せた。私は鈴を鳴らしてメイドを呼び、新しいコーヒーを運ばせた。食器のことはよくわからないが、コーヒーカップはさっきと違うもので、やはり高級品のようだ。

「なんだって、こんな時に爺さんが出てくるんだ」

「困った爺さんなのか?」

「どうかな。俺の手に負えん、というだけのことさ」

「じゃ、口も挟むな。どんな話だったか訊《き》きたけりゃ、爺さんに訊け。俺よりずっと長い付き合いなんだろう、爺さんとは」

「だから、訊けない。黙れ、若造。それで終りさ」

「まあ、そうだろうって気はする」

また、人が来たようだった。

忍だった。仕立てのいいダブルのスーツを、きちっと着こなしている。肩のあたりが濡れているのは、カートに天蓋《てんがい》を付けなかったからなのか。

「手を引け、ソルティ」

「それを、忍さんに言われなきゃならないんですか?」

「おまえの手にゃ負えない」

「そう言っていたところですよ。姫島の爺さんだけは、手に負えないってね」

「爺さんのことじゃない。今度の件だ」

「手に負えないことなんて、この世にあるんですか、忍さん。本気でやろうと思ったら、死ぬまでは手に負えてるんだ。俺はそう思いますね」

「もう、この街で屍体《したい》はたくさんだ。爺さんは、そう思ってるのさ。一番先に屍体になりそうなのが、おまえと波崎だからな。波崎には、さっき会ってきた」

「そうですか」

若月も、あっさりと諦《あきら》めたようだった。口先だけかもしれない。

「木野は、このホテルが気に入った。だから、俺が泊めてやってる。それだけのことと思え。いつものように『てまり』で飲んだくれていろよ」

「そうします」

若月が腰をあげた。私の方を見ようとはしない。忍もなにも言わず、若月と一緒にコテッジを出ていった。

私は気分を取り直し、音楽をかけた。スピーカーが天井近くに配置してあり、音響はいい。ここで、音楽でも聴きながら、コカインや覚醒剤《かくせいざい》をやっていた客が、何人いるのか。虚飾という点で、このホテルは街の象徴のようなものなのかもしれない。

私は、しばらくうとうととしていた。それから躰《からだ》を起こし、Tシャツ一枚になって、霧雨の中に出た。ホテルの敷地は、歩き回るのに充分なスペースがある。プロムナードはビーチまで続いていて、藻ひとつ打ちあげられていない砂浜の端に、ガードマンが雨に濡れて立っていた。セキュリティは、万全というわけだ。ビーチも、完全なプライベートビーチになっている。

コテッジに戻り、シャワーを使い、昼めしを食った。サンドイッチひとつとっても凝ったものだったが、私はすでにこの豪華さに飽きはじめていた。

これからなにが起きるのか、考えてみても仕方がなかった。

四時ぴったりに、私は電話を入れ、取引の場所は中央広場、と告げた。時間は五時。

私はすぐにホテルを出て、車を中央広場の手前の共同駐車場に入れ、ひと通り中央広場を歩き回り、海際の柵《さく》のそばに立った。

五時五分前だった。

男は、すでに来ていた。トランクをぶらさげて走ったのか、息を弾ませ、汗をかいているように見えた。

私と男の距離は、五十メートルほどだ。私は、周囲に眼を配った。霧雨はあがっていて、ちらほらと歩く人の姿があった。

駐車場に、観光バスが入るのが見えた。降りてきたのは、男ばかりのようだった。みんなスーツを着ていて、カメラなどを持っている人間もいるが、観光ではなくどこかの役所の視察かなにかだろうと思えた。

私は、男の方に眼を戻した。

広場の時計が、五時を打つのを待った。男は、手で額の汗を一度拭《ぬぐ》った。五時。ゆっくりと、男の方から近づいてきた。私も、歩きはじめた。その瞬間、いやな気分に襲われた。観光バスで来た四十人ほどの一団が、一斉にこちらへむかってきたのだ。偶然かもしれなかった。ビデオカメラを回している者もいる。ただ、拡《ひろ》がりすぎていた。大抵は、三々五々という感じになるものだろう。

次の瞬間、四十人はほとんど等間隔をとって、急速に接近していた。逃げるのは難しい。それは、はっきりとわかった。男の方も、そう思ったようだ。

「おい、アタッシェを投げろ」

足もとから、声がした。柵のむこう。海だ。黒いウェットスーツの男。水村だった。とっさに、私はアタッシェを投げた。水村が受け取る。そこまで確かめた。四十人が駈《か》け寄ってくる。全身を押さえこまれた。腕一本、動かすことはできない。

数人が、柵の下を見ていた。私も、首だけ動かして、そっちを見た。水村の姿は、もうなかった。ボンベも、背負《しょ》っていた。公園のところは埋め立てられているので、柵の下の海は、ある程度の深さはあるのだろう。すぐに潜ることができたはずだ。

私は、男たちの中に、小山裕の姿を捜した。それから、黒沢の姿も捜した。見つからなかった。

「あれを」

ひとりが叫んでいた。海上を、ゴムボートが突っ走っている。どこから来たのか、よくわからなかった。多分、水村を乗せてきたものなのだろう。全員の眼が、そちらにむいていた。ゴムボートが停《と》まる。海中から黒いウェットスーツ姿が、引きあげられるのが見えた。ゴムボートは、そのまま沖にむかって突っ走っていく。

私は、自分を押さえている腕をふり払って、逃げようとした。ほとんど身動きはできず、近づいてきた男が、肩を組むような仕草をし、いきなり股間《こかん》を膝《ひざ》で蹴《け》りあげてきた。しばらく息ができなかった。前屈《まえかが》みになりたかったが、両脇《りょうわき》を押さえられていて、それもできない。脂汗が滲《にじ》み出してきた。

四十人が、動きはじめる。なにかが起きたとは、誰にも思えないだろう。団体が、観光バスに戻っていく。そんな感じだった。私も、両脇から支えられるようにして、バスまで歩き、乗せられた。私の取引の相手も、乗りこんでくる。ひとりがそばについているだけで、ほとんど拘束されていない。トランクは、別な人間がぶらさげていた。

「裏切りやがったのか」

男を見て、私は言った。男は、表情を動かさなかった。この男に裏切られ、この男の仲間を集めたのだとしたら、最悪のことだった。ただ、いまのところ、仲間という感じはしない。

バスが動きはじめる。四十人は、ほとんど二十代から三十代という感じだった。地味なスーツ姿が多い。私の股間の蹴りあげ方は、素人のものではなかった。

ようやく自由になった手で、私は額の汗を拭った。

ひとりが、トランクを開けようとしている。ロックされているようだった。男が立たされ、ポケットを探られた。これは仲間ではない、と私は思った。キーはすぐに見つかり、トランクが開けられた。

入っていたのは、週刊誌の束だった。

「物《ぶつ》は逃がすし、金はないし、うまい具合に黒沢に乗せられたのかな」

「物だって、どれぐらい確かなものだったかわかりはしないな」

つまり、黒沢の仲間だとしても、それほど近いとは思えない男たちだ。黒沢に頼まれた、芳林会の連中程度なのか。

本マグロが食いついたわけではない、と私は思った。しかし、トランクの中が、なぜ週刊誌なのか。単に、金が用意できなかったというだけのことか。

バスは、リスボン通りを真直《まっす》ぐトンネルにむかって走っていた。やがて、トンネルに入った。数秒して、私はおかしなことに気づいた。対向車がいない。さらに数秒待ったが、やはり一台も来なかった。それどころか、後続の車もいない。

運転手が、まずそれに気づいた。

「バックしろ」

リーダーらしい男が言った。バスは急停止し、バックをはじめた。

「非常出口があった。そこまでだ。とにかく、ずらかるぞ。こいつらは、放《ほう》っておけ」

非常出口の照明が見えた。男たちは駈け降り、大きな蟻《あり》のように束の間非常出口に群がり、消えていった。

「どういうことだよ、おい？」

バスの中には、二人だけ残されていた。

「週刊誌で、物を買えるとでも思ったのか？」

「一億は、用意した」

「どこに？」

「今日の午後三時には、このトランクに全部入れたよ。それを見計らったように、週刊誌を持った男たちが現われた」

「何人？」

「四人だった。奪うわけではない、と言われた。しかし、奪われたんだと思う。とにかく、一億の現金《ナマ》は、段ボール箱に詰め替えられたんだ」

ほんとうとは、思えなかった。相当の苦労をして工面した金のはずなのに、男はそれほど落胆しているようでもなかった。しかも、週刊誌とわかっていながら、広場に駈けつけてきたのだ。

黄色い緊急灯を回転させた車が、一台だけ近づいてきた。

バスのそばで停まり、男が二人降りてくる。黒沢と小山。トンネルの照明は、はっきりとその顔を照らし出していた。

二人が、バスに乗りこんでくる。男が、硬い笑みを浮かべた。

「予定通りだ。あんたも、殺されなくて済んだ」

黒沢が、男の肩を軽く叩《たた》いた。

「誰がバックにいるかは知らんが、これぐらいのことはあるだろうと思っていた」

黒沢が、私を見て言う。

「物《ぶつ》が本物だってことを、自分の眼で確認したかったんだがな」

「やつらから、買うつもりだったな、一億で」

「つまり、そういうことだよ、木野。とにかく、なにが起きるかわからん。だから、用心に用心を重ねた。おまえの方も、同じだったようだな」

私が、用心したわけではなかった。水村が、いや多分爺さんが、用心したのだ。

それでも、黒沢と小山を引き出すことはできた。

「ずいぶんと、手のこんだことをやるもんだ。なんの意味があるんだ、黒沢？」

「いろんな意味がある。とにかく、俺はこの街には用心することにしている」

「須田という男、おまえの兄貴分か？」

「相棒だったさ」

「この街が、須田を殺した。おまえも、そう思ってるんだな」

「俺は、儲《もう》けたい。それだけだよ。いまのところ、大損をしているがね」

「俺は、物《ぶつ》なんか知らんよ」

「本物を持っていた。それも一億の分量だ。俺が訊きたいのは、あれを山南と分けたのかどうかだ。半分は、山南なのか？」

「知らんね」

「喋《しゃべ》らせる方法はある。あまり気持のいいものじゃないが」

裕は、黒沢の後ろに黙って立っているだけだ。

「久しぶりじゃないか」

私が言っても、裕は表情を動かさなかった。何度も、会ったというわけではない。それでも、一時は義弟ではあったのだ。

「亜希子の街か」

「その名前は、口にしないでくれ」

「ほう、なぜかな」

裕は、答えようとしない。

「おまえを捜して、俺はここまで来たんだぜ。もうちょっと愛想よくしろよ」

黄色い緊急灯を回転させた車が、動きはじめた。裕が、バスの運転席に座る。動きはじめた。しばらくして、対向車の姿も見えてきた。

これからどうするのかは、黒沢を見守るしかなかった。どうするかというより、どうなるかだ。

トンネルを出た。もう何事もなかった。やや渋滞気味だった対向車の流れも、すでに普通に戻っている。

トンネルが閉鎖されていたのは、どれぐらいの時間だったのだろう、と私は思った。

22　誇り

バスは、山道に入っているようだった。

はっきりとそうとは言えないのは、途中で頭からすっぽりと布の袋を被《かぶ》せられたからだ。山道に入る前に、バスは一度だけ停まった。人の声はまったく聞えなかったが、誰かが降り、誰かが乗ってきたのがわかった。

私は両手を、横に開いた恰好《かっこう》で手錠をかけられていた。片方は通路のむこうの席の肘《ひじ》かけに、もう一方は、頭上の荷物置きだった。ひどく安定の悪い恰好で、特に右手は、腰をちょっと浮かしていなければ、体重がかかって痛んだ。

どれぐらいの時間、そうやってバスに乗っていたのか、定かではなかった。二時間近くだと思ったが、苦しい恰好だったので、もっと短い時間だったのかもしれない。

急な坂道を二度ほど登り、そのたびに横にかかるGを受けながら走り、ようやくバスは停まった。しばらく、人の出入りする気配があった。

その間も、私の恰好は変らず、頭の袋もはずされなかった。

手錠が後ろ手に変えられたのは、バスが停まって十五、六分経《た》ってからだった。

頭の袋が、取られた。

周囲は闇《やみ》で、バスの中も暗かった。立ちあがろうとして、私は後ろに引かれた。シートとシートの間に通っている鉄パイプに、手錠の鎖が回されていたようだ。

「あれがまず、山南とおまえが瀬名島の沖から運んで来たものかどうか、訊きたい」

「俺は、昔からドラッグで商売をしていた。漁師の真似《まね》をしながらだ。だから、おまえらが邪魔だった。それだけのことだよ」

「瀬名島を通っていたのは、俺の物《ぶつ》だけだったんだ、木野。あの島のやくざにも、格安で俺が提供していた」

「俺のルートを、おまえが知らなかっただけだよ、黒沢」

「なにも、こんなことはしたくないんだがな、木野。ある薬を、おまえに打たせて貰《もら》う。一本で効かなけりゃ、二本。二本で駄目なら、三本。あまり我慢しない方がいい。三本目では、人格が荒廃する。つまり、廃人になる。そんなおまえを、あまり見たくない」

「わかった。薬は打ってもいい。その前に、おまえときちんと話をしておきたい。裕ともな」

少しでも、時間を稼いでおきたかった。姫島の爺さんが、私をこのまま放り出したのだとは思いたくなかった。

「なにを、訊きたい？」

「おまえは、なぜあの街にこだわる？」

「あんな街、ない方がいいからだよ」

「須田のことは、関係あるのか？」

「たまたま、須田さんの女房が、あの街にいた」

「信じられんね。ほんとうのことを、喋ってくれ。薬を打たれた俺には、そういうことが影響してくる」

「相棒の仇《かたき》は取る。そして、あの人は、亭主の仇を取る。それだけのことだよ。あの街を、ドラッグで汚れきった街にしてしまう」

「裕は？」

「自分で訊いてみろよ」

闇の中で、なにかが動いた。強い光が額に当てられ、私は眼を閉じた。

「何様のつもりだ、あんた?」

　裕の声だった。

「こんなところに顔を出して、映画の主人公にでもなった気分なのか?」

「俺は、おまえの名を聞いた。なんで、こんな南の島でと思ったがね」

「そうだよな。姉貴を殺して、南の島に逃げていたんだからな」

「殺した?」

　確かに、私は南の島に逃げた。しかし、亜希子を死なせたとは思っていたが、殺したとは考えたことはなかった。いや、同じことなのか。

「あんたが、意地を張って仕事を続けた。いやがらせがこわい。いやがらせだけではないような気がする。姉貴は、そんな電話を俺のところにしてきた。自分の仕事に没頭していて、あんたは姉貴の話を無視していたそうだね」

「心配はしていた。あれがもし、事故でなく殺人だったのなら、俺は確かに甘かった。そういう意味でなら、殺したと言われても仕方はないと思う」

「なにが、そういう意味だ。警告を無視したら、そうなることはわかっていただろう」

「警告か」

　そうかもしれない、という気はあった。そんなものには負けられない、とも思った。

「結局、なんなんだよ、あんたは。瀬名島で、木野健という男が絡んできている、と聞いた時、俺はあんたが、土足で俺の心の中に踏みこんできた、と思ったね」

瀬名島へ逃げこんでいた私自身を、ふり返ったりすることはあったのだろうか。海まで燃やすような夕陽《ゆうひ》の色の中に、私はすべてを紛れこませようとしていたのではなかったか。

「俺の問題はいい、裕。俺自身が、どこかでこれが決着だ、と思うことがあるだろう。おまえの問題の方を、訊きたいな」

「俺には、なんの問題もないね、あんたが邪魔をしているという以外」

「おまえが、ドラッグを扱っているというのは？」

「俺は俺の理由でやっている。そう思っている。黒沢さんとも、美知代さんとも、同じだとは思っていない」

「おまえ、死んだ須田を知っていたのか？」

「親父もおふくろもいない。姉貴だけだ。その姉貴は、殺された。そして、須田さんもだ。俺は、S市で小さな書店をやっていた。それでも、専門的な書店と言われたもんさ。そのはじめの資金は、美知代さんを通じて、須田さんが出してくれた」

書店員をやっていたことがある、とは聞いていたが、書店の経営者であったことは、知らない。弟のことを、亜希子はあまり心配しているようでもなかった。だから、私も気にしていなかった。

「姉貴のことは、美知代さんがよく知っていた。だから、姉貴の結婚相手だったあんたのことも、多少は知っていた」

裕が書店をはじめたのは、亜希子が死んでからなのか。

どちらにしても、裕は須田夫妻と関係があった。亜希子も、美知代を知っていた。

「俺が須田さんの世話になって、書店の経営者になったなんて、誰も知らないよ。あの街にゃ、須田さんの世話になってるやつらがいたみたいだが、俺は姉貴の関係で、美知代さんと親しかったんだからな」

「S市か」

「あの街とは、違うぜ」

強いライトを額に当てられたままだったので、私は正面に眼をむけられないでいた。

「しかし、ドラッグとはね」

「美知代さんがあの街を汚してしまいたいと考えたように、俺も考えた。須田さんを殺したあの街を、徹底的に汚してやろうってな」

「俺も、昔から裕を知ってるんだよ」

黒沢の声だった。

「それから、おまえの女房もな。須田の兄貴と二人で、S市で事業をやった。その時、高校を卒業した裕が、入社してきた。まともな事業だったよ。なにかで、姉が会社に挨拶《あいさつ》に来たことがあった」

私は、眼を閉じた。

亜希子を、愛していると思って、結婚した。Ｓ市から東京に出てきて、働いている女。弟がひとりいて、それも立派に働いている。

亜希子の、表面的なことしか、私は知ろうとしなかったのか。

忙しく、働いていた。

日々の自分の生活を顧みるより、毎日のように持ちこまれる事件の方に、私は眼を奪われていた。法廷を三つ四つと持つと、自宅でも私は資料を読まなければならなかった。

「そろそろ、薬を打たせて貰うぞ、木野」

「山南を、どうする気なんだ？」

「おまえを殺すと言ったら、すべてを放棄してくれるような男だったら、俺もこんな真似まではしなくて済んだ。厄介なやつさ。脅しなど、通じない。死ぬことも、怕《こわ》がっていない。俺は、もう動かせるだけの人間を、動かした。半分、騙《だま》すようにしてな。山南より、おまえを落とした方がいい。そう考えて、ここへ連れてきている。いろいろと、頭を使ったさ。おまえに、仲間がいるらしいこともわかった。そして、少なくとも、おまえは死にたがっても、廃人になりたがってもいない」

姫島の爺さんのことを、黒沢はまだ摑《つか》んでいない。だから、餌に食らいついた。ただ、単純な食らいつき方ではなかった。

「山南は、放っておくのか？」

「やつが、物《ぶつ》を吐き出せばな。ちょっと無理だ、と俺は読んでいる」

「金を払えば？」

「金で、動く男でもない。だから、おまえに喋ってもらうのが一番いい」

「俺も、金では動かんよ。そして、薬でもな。廃人になっても、耐えてやる」

「俺は、無駄話をしているつもりはないんだ、木野。おまえを見ていると、須田の兄貴を思い出す。廃人にしたい、とも思わん。だから、俺も小山も、喋っているんだ」

「俺には、山南ほどの腕はない。だから、こうして捕まえることもやさしかったんだろう。だがね、性根はある。あるつもりさ」

「いずれ、わかる」

腕に、痛みが走った。

躰になにかが入ってくる。そんな気がした。しばらく、私はその感覚の中だけにいた。

結婚式。ふと思い出した。

私の両親は、ちゃんとした結婚式を望んだが、亜希子の側に、決定的に出席者が少なかった。私は、内輪のパーティにすることにし、両親を説得した。

亜希子の、東京での友人や知人。それに会社の同僚。遠い親類だという老夫妻と、弟の裕だけが、血縁の出席者だった。

　それでも、亜希子は、嬉《うれ》しそうにしていた。花嫁の輝きに溢《あふ》れていて、私にはそれが晴れがましかった。

　それから、死んだ亜希子の顔が、思い浮かんできた。不意に、法廷に立っているような気分になった。なにかを、主張しようとしているが、言葉が出てこない。

　錯乱しはじめている。

　自覚は、それが最後だった。

　夜が明けていた。眼を開いて、私はそれを知った。自分がどういう状態にいるのか、理解するのにかなりの努力を要した。

　相変らず、後ろ手に手錠をかけられたままだった。

　バスの中。誰もいない。そう思ったら、座席から、ひとり立ちあがった。見憶《みおぼ》えのない男だった。

　ひどい頭痛と吐気が襲ってきた。

　それは思考を停止させるほどに強く、私はしばらく脂汗を流し続けた。意識が薄れるような気がした。このまま死ぬに違いない、とほとんど確信した。死ぬことを、怕いとは思わなかった。

　その状態が、どれほど続いたのか、よくわからなかった。運転席の上にある時計が、八時過ぎを指していた。

「そろそろ、気分が戻ったころかな」

気づくと、黒沢と裕がそばに立っていた。

周囲にあるのは、木だけである。山の中だということはわかった。小鳥の啼声《なきごえ》が、やけにのどかに聞えた。

「強情な男だな」

黒沢が言う。

なにも喋りはしなかったのだ、と私は自分に言い聞かせた。自分の性根は、薬などに負けてはいない。

「いやなことになる、と思っていたよ。二本目の注射は、半端ではないからな」

「殺せよ」

姫島の爺さんの、救出は期待できそうもなかった。

死んで当然の男だ、と私は自分に言い聞かせた。死ぬことで、なにかがつぐなえる。それなら、死んでもいい。

死ぬ理由を見つけることに、私は懸命だった。死ぬ理由を、たやすく見つけることができない自分に、戸惑っていた。つぐなえるのだ。しかし、何を、誰に対して。

「しばらく、考える時間をやるよ」

「待て」

「喋るのか。正気に戻ったら、死ぬのが怕くなったか？」

「考える時間は、いらんよ」

「ほう」

「俺は、喋らない。自分で、それがはっきりとわかる」

「二本目のあとも、そんなことを言っていられるかな」

「別のものを、俺は賭《か》ける」

「なにを？」

「男の、誇りってやつを」

「厄介な男だ。その分だけ、殺すことが惜しくもなってきた」

「早くやれ」

「急ぐなよ。時間をやる。待っている間が、地獄なのさ。それで、心がぶっ毀《こわ》れるやつも、少なくないらしい」

私は、眼を閉じた。

その間に、黒沢と裕の姿は消えていた。

バスの中には、誰もいない。一度、声を出して呼んだが、返事はなかった。どうしようもない恐怖が、波のように襲ってきては、退《ひ》いていく。呼吸が激しくなっていた。

二度、三度と、私は叫び声をあげた。それで、襲ってくるなにかを紛らわせようとしていた。

喋ろうか。何度も、そう思った。なにも知らないと、喋ってしまおうか。喋ったところで、誰を裏切ることにもならない。

いや、自分を裏切ることになる。喋らないと決めた、自分を裏切る。

心臓の鼓動が、はっきりとわかった。いまいましくなるほど、しっかりした鼓動だ。

時計が、九時半近くを指していた。

何時に、二本目を射つつもりなのか。それまで、ただ待っているだけなのか。どこかに、首でもひっかけて死ぬことはできないのか。いま私がやれるのは、自分で死ぬということだけだった。

私は、周囲を見回した。死ぬことができる道具。しかし、手は動かせないのだ。いくら力を入れても、手錠が手首に食いこんでくるだけだった。

十時を回ったころ、どこからか黒沢と裕が姿を現わし、バスの外に立って煙草を喫《す》いはじめた。煙草。無性に喫いたくなった。また、私は叫び声をあげていた。

「こたえたようだな、かなり」

バスに乗りこんできた黒沢は、もう煙草をくわえていなかった。馬鹿な男だ。煙草一本で、私は喋ったかもしれない。

「どうする、木野?」

「二本目が、欲しいね。わめきたてているのには、疲れた」

「いいんだな。データによると、二本目で廃人という確率は、六十パーセントを超えている。三本目は、百パーセント」

「男が、データ通りだとは思うな」

「山南のためか、喋らないのは？」

「いや」

「じゃ、誰のためなんだ？」

「自分のためさ」

「俺は、むなしくなってきたよ。おまえのようなやつを相手にしているのがな。今度の件じゃ、山南におまえだ。まったく、どういうやつらなんだ」

「早くやれ」

私が言った時、黒沢と裕が、弾《はじ》かれたように外を見た。男がひとり、走ってくるところだった。

「和夫《かずお》が、消えただと？」

黒沢の声だった。私は、バスの外に眼をやっていた。

「二人、一緒にいたんだろうが」

「それが、気がついたら、いなかった。ほんの十メートルも離れてねえのに」

「捜せ」

「捜したよ、黒沢さん。俺は、もうごめんだ。金なんか、どうでもいい」

「はじめちまってるんだぞ、おまえも」

「だけど、もういいよ。なんか、いやな感じがする。こんな時は、大抵なにか起きるんだ。いままで、そうだった」

裕の舌打ちが聞えた。

なにかが起きようとしている。

それだけが、私にはわかった。

23　出血性ショック

黒沢にどやしつけられた男が、運転席に座った。

バスのエンジンがかかる。動きはじめた。すぐに、私は酔ったような状態になった。胃からなにかこみあげてきたが、吐きはしなかった。全身に、脂汗が滲み出してきただけだ。どうでもいいような、投げやりな気分に包みこまれる。

バスはかなりのスピードだったが、道から飛び出して、崖《がけ》でも転がり落ちればいい、と私は思った。バスが逆様にでもなれば、この気分の悪さからは解放されるだろう。

「停めるな、ブレーキを放せ」

裕が叫んでいる。前方の道の真中に、男の躰が転がっていた。生きているのかどうかは、わからない。バスが突っこんでも、男の躰はぴくりとも動かなかった。

「ブレーキを放せ。罠《わな》だぞ」

バスが、減速していく。裕が、運転している男のこめかみあたりに、いきなり拳《こぶし》を叩きこんだ。本屋のパンチではないな、と私は思った。こういうパンチを放つまでの長い旅を、私はなんとなく連想していた。バスが安定をなくす。男の躰を乗り越えたが、轢《ひ》いたという感触はなかった。

黒沢が、若い男を運転席から引《ひ》き摺《ず》り出し、その間、裕がハンドルだけを操作していた。下りで、かなり加速がつきはじめている。

素速く、裕が運転席に滑りこみ、カーブの前で減速した。

頭上で、なにか音がした。はっきりと、私はそれを聞いた。緊張感が強くなると、それまで私に襲いかかっていた悪心《おしん》が、少しずつ躰の外へ追い出されていった。

誰かが、バスの屋根にいる。そして裕も黒沢も、それに気づいてはいない。

バスがスピードをあげる。屋根では、それきり物音はしなかった。錯覚だったのかもしれない。そんな気もした。頭がぼんやりした状態は、まだ続いているのだ。

右に左に、躰が振られた。ワインディングで、しかも道幅が狭い。後ろ手にかけられている手錠が、私の体重を支える恰好になった。手首に食いこんでくる鎖の感触が、痛いというより冷たい。

屋根に、誰かいる。私はそれを、また確信した。しかし、消えかかった悪心はまたひどくなっていた。屋根に誰がいようと、バスがぶつかって、停まればいいとだけ思い続けた。動くから、気分が悪くなる。

「小山、乗り換えるぞ」

黒沢の声は、低く、冷静だった。

「わかってます」

「いやな気分だ。屋根に誰かがいるような気がする。気のせいだとは思うんだが」

「俺もですよ。さっきから、カーブで限界まで横Gをかけてるんです。普通だったら、振り落とされてくるんですが」

やはり、屋根に誰かがいる。しかし、そんなことは私にはどうでもよかった。バスを停める。その方法がないのか、私は考え続けていた。悪心がひどい。口から胃の中のものが噴き出してきたが、それは茶色い液体だけだった。

躰が、前のめりになった。手首に体重がかかり、痛みで、一瞬だけ私は悪心を忘れた。黒沢が、バスを飛び出していく。裕もそれに続いた。

裕の頭上に、なにかが舞い降りてきた。

それは鷲《わし》かなにかの鳥のように私には見えたが、人間だった。裕と絡み合ったことで、それがわかった。立ちあがったのは、裕ではなかった。山南。駈け出そうとする山南の脚に、裕の両手が抱きついた。体勢を崩しかけた山南が、もう一方の足で裕の顎《あご》のあたりを蹴りあげた。それでも、裕はしがみついた脚を放そうとしなかった。

再び体勢を崩した山南の腕が、横に素速く振られた。前方から、車が飛び出していくのが見えた。山南も、駈け去っていく。

裕の躰だけが、転がっていた。首のあたりが、赤く染まっているのが、私のところからも見えた。生きてはいない。それが、はっきりとわかった。脈に触れるとか、呼吸を確かめるとか、そういうこと以前に、裕の躰には生きたものの気配がなかった。ただの物が転がっている、としか感じられないのだ。

不意に、私の躰の底から、怒りがこみあげてきた。後ろ手の手錠を、力まかせに引っ張った。痛みより、憤《ふん》怒《ぬ》の方が大きかった。ひとしきり、私は座席で暴れた。なんの意味もないことだった。鎖が、引きちぎれるはずもないのだ。

眼を閉じ、私は乱れた呼吸を整えた。

この状態で、なにができるのか。考えた。裕は、死んでいる。死んでいると私が感じているだけで、ほんとうはまだ生きているのかもしれない。早く、それを確かめることだ。そのために、手錠をはずすこと。それから先、考えは進まなかった。どうやれば手錠をはずせるのか、まったく思いつかない。

もう一度、私は力のかぎり暴れた。

眼の前が白くなった。うつむき、額を前の席の背もたれに当て、私は荒い息をした。眼を閉じ、じっとしているしかなかった。数を数えた。一から十まで。二度、くり返した。眼は開かなかった。三度目は数える気にならず、私は別のことを考えようとした。秩序立ったことは、なにも浮かんでこない。瀬名島や、阿加島のこと。海。亜希子。姫島の久納義正。ホテル・カルタヘーナ。昔、立った法廷の、静寂に包まれた一瞬。

不意に、エンジン音が聞えたような気がした。一瞬だった。

私は眼を開き、耳をそばだてた。呼吸にして四つ。再び、エンジン音がした。一度途切れ、すぐにまた近くで聞えてきた。

バイク。それから、赤いジープ・チェロキー。男が二人、飛び出してきた。若月と波崎だ。馬鹿野郎。呟《つぶや》いた。来るのが、遅すぎる。山南は、もう遠くへ逃げた。いや、逃げたのか。ほんとうに、逃げたのか。

若月と波崎は、裕のそばにかがみこんでいる。裕の躰に、触れようとはしていない。

「こっちだ」

私は大声を出した。

若月が顔をあげ、ゆっくりとバスに近づいてきた。

「手錠を、はずしてくれ」

そばに立った若月に、私は言った。

「鍵《かぎ》がないな」

「はずせ、馬鹿野郎。鍵がないなら、鑢《やすり》でもなんでも持ってきて、鎖を切れ」

「そういう恰好も、似合っちゃいるがな」

若月が、私の背中を押すようにした。肚《はら》に響く音がし、手首に衝撃があった。熱さを感じたのは、しばらく経ってからだ。手は自由になったが、左右の手首には手錠が付いたままだった。鎖だけを拳銃《けんじゅう》で吹っ飛ばしていた。

私は立ちあがった。駈け出そうとして、不意に眼の前が暗くなった。座席の背に摑まって、しばらくじっとしていた。ようやく、視界が戻ってきた。額に、冷や汗が滲み出している。

歩いて、バスを降り、裕の躰に近づいていった。

「駄目だ。死んでる」

立ちあがった波崎が、低い声で言った。

「出血性のショックだろう、多分」

「あの野郎」

私は、後ろから付いてきていた若月に手をのばし、腰のあたりを探った。指が硬いものに触れた時、若月は私の手首を押さえた。手錠にぶらさがった鎖が、かすかな金属音をあげた。

「山南だ。ぶち殺してやる」

「山南だってことは、わかってる。殺す気じゃなかったんだろう」

「殺す気じゃないだと。裕は死んでる。俺に拳銃を貸せ、ソルティ」

「山南だってことは、わかってる。歩けなくするつもりだったんだろう。脚の筋を切って
る。小山裕は、それでも抵抗したんだな。それで、首を切った」

脚を切ったところは、私には見えなかった。蹴りあげているのが見えただけだ。しかし、
裕のズボンの膝のところは切り裂かれていて、血がしみていた。

「とにかく、山南を追う。拳銃を貸せ」

「おまえも、殺されるぜ」

「だから、拳銃だ」

「やつのナイフ、拳銃なんかじゃどうしようもない。顔を見た瞬間に、一発ぶちこむ肚《はら》が
決められりゃ別だが、そんな簡単にはいかないもんだ」

「いくさ」

「人を殺したことなんて、ないんだろう、木野？」

「誰にだって、はじめはある」

「本気でやりそうだな、こいつは」

波崎が言った。私は、もう一度裕の屍体を見降ろした。眼は閉じている。苦しそうな表情ではなく、どこか笑っているような感じもあった。

須田という男に、殉じようとしたのか。須田というのは、それほどの男だったのか。それとも、なにか別のことがあったのか。

「俺は、裕の仇《かたき》を討つよ」

「おい、時代遅れのことを言うなよ」

「決めたんだ、ソルティ」

裕のためではなかった。亜希子のためですらない。自分のためなのか、瞬間考えたが、よくわからなかった。とにかく、私は山南を殺す、と決めていた。

「待てよ。どこへ行く？」

歩き出そうとする私の腕を、ソルティが摑んだ。

「捜す、山南を」

「それは、水村がやってる。おまえの居所も、水村が直接俺に知らせてきた。多分、水村は山南とやり合うために、おまえを助ける余裕がなかったんだと思う」

久納義正は、水村にすべてを任せていたということなのか。私からアタッシェを受け取ってから、水村はどう動いたのか。

「水村は、水村だ」

「それはそうさ。俺たちもそう思って動いてる。しかし、いま山南に一番近いのが、水村であることは確かだ。つまり、黒沢とも近い。水村と山南と黒沢は、団子だな。そして、おまえにゃ追いつく方法はない」

「遠くじゃない。せいぜい、十キロ四方ってとこだ」

「わかったよ。好きにしろ。拳銃は貸せんがね。ただ、姫島の爺さんのところには、行った方がいい。とにかく、俺たちと一緒に行こう。あそこに、最新の情報は全部集まってるはずさ」

まず、情報を手にすること。でなければ、動きようもない。久納義正から情報を得る権利は、私にはあるはずだ。そう思い直した時、ようやく私は自分を取り戻した。

「どこにいる、爺さんは？」

「S市沖の海上だ。俺の船で行くよ、『ラ・メール』へ」

私は頷《うなず》き、ジープ・チェロキーに乗りこんだ。若月が運転席でエンジンをかけている。波崎は、バイクで来た若造とここに残るつもりのようだ。

「煙草、くれないか」

「落ち着いたようだな、やっと」

車を出し、若月が言った。膝の上に、キャメルの箱が放り出された。一本抜き取り、私はカーライターで火をつけた。

　頭が、くらくらとした。はじめて煙草を喫《す》った時、こんな感じだったような気がする。何度か煙を吐き、私は煙草を消した。

「山南のやつ、どうしちまったんだ？」

「はじめから、こうなることを俺たちは怕がっていた。姫島の爺さんも、忍さんも。ドラッグを扱ってるやつらを、ただ敵に回すわけじゃない。その中のひとりに、山南は惚《ほ》れちまってるんだ」

「須田美知代以外は、全部消してしまう。それで、なにもなかったと思いこむ。そういうことか？」

「つまり、山南にとっては最後の手段だったわけだが、それ以前に、これといって効果的な手段もなかった」

「須田ってのは、どういう男だった？」

「俺は、好きだった。だから、あまり喋りたくない」

「黒沢も裕も、須田を殺した街として、あの街を憎んでいた」

「やっぱりな。みんな、あの街が生んだことなんだ。消えてなくなればいい、と姫島の爺さんが言うのも、わかる気がする」

「しかし、現実さ。蜃気楼《しんきろう》じゃない」

「俺は、いまだに現実だと思えないところがある。生まれた場所なのにな。もっとも、俺が生まれ育った時は、ただの村だった。海辺の寒村ってやつさ」

「俺は、山南を殺すぜ」

「それは、勝手にやってくれ。ただ、おまえは、ほんとうは山南を殺したいんじゃない。どうにもならない気分を、山南にむけているだけさ」

「なんとでも言えよ」

車は、まだ林道を走っていた。かなり山の奥に入っていたようだ。ようやく一般道に出ると、スピードがあがった。

「煙草、もういいのか？」

「ああ」

「注射をされてるって話だったが」

「されたよ。かなり苦しいものだった。二本で、廃人になる確率がかなり高くなる、と脅かされたな」

「脅しだけじゃないんだろうな、多分」

対向車が現われた。家族連れが乗った、白いワゴン車だった。

「普通の生活もある。おまえらのように、なにかあると拳銃を持ち歩くやつもいる。ドラッグもある。それが、あの街ってやつか」

「なんでもあるし、なんにもない」

「やっぱり、気に食わない街だ」

「おまえ、注射されたにしちゃ、ちゃんとした感覚を持ってるじゃないか。俺は、もっと飛んでるのかと思ったよ」

「ひとつ、忘れていた。いい加減な老人もいる。あの爺さんが、もっと早く水村を寄越《よこ》してりゃ、注射もされずに済んだ」

「必死だったさ、爺さんも。トンネルの、非常脱出口から出てきた連中に、気を取られすぎた。俺たちもだ。結局、山の中のあの場所を突きとめたのは、山南だった。あいつは、いい土を手に入れるために、よく山に入るからな。勘が働くのさ、多分。山南に食らいつくことで、水村はなんとかバスの位置を突きとめた。水村だからできた。今度だけは、俺も率直に認めよう」

「水村だからか」

「俺も波崎も、ガキみたいなもんだったよ」

　車は、トンネルへ通じる道に出ていた。対向車も多くなった。

「水村は、よくやった。山南は本気なんだからな。あの男が本気になったら、普通の人間じゃ手に負えないだろう。尾行するのだって、命の危険が付きまとう。少なくとも、アキレス腱《けん》の一本ぐらいは、覚悟しなけりゃ、できんことさ」

アキレス腱を、縦に裂くこともできる。横に断つこともできる。山南のナイフの鮮やかさは、私もいやというほど見た。

「薔薇《ばら》を作ってる殺し屋か」

車が、トンネルの中に突っこんでいった。トンネルを出ると、別の世界になる。気味の悪い話だった。

「大丈夫か、おい」

「いいから、走れ。暗いのが、どうもまずいようだ」

私はうつむき、額に汗を浮かべていた。やがて、出口の小さな点が見え、それが大きくなり、リスボン通りに出た。明るい光の中に出ると、気分はすぐに持ち直した。

ヨットハーバーまで突っ走り、繋留《けいりゅう》されている船に跳び乗った。すでにエンジンはかけられていて、舫《もや》いを一本はずすだけでいいようになっていた。

「出すぞ、野中《のなか》」

若いクルーに声をかけ、若月はフライブリッジに駈けあがった。後進でポンツーンを離れた船が、すぐにむきを変え、加速してハーバーを出た。

三十フィートちょっとの船だが、かなり強力なエンジンを載せているようだ。黒煙をあげながらさらに加速すると、すぐにトリムタブが効いてきて、船首が下がった。

二十分ほど、突っ走った。白い船体が前方に見えてきたので、私もフライブリッジに昇った。

「でかいな、さすがに」

「三百トンある。本船だな」

「しかし『ラ・メール』か。ありふれた名をつけたもんだ。海っていう意味じゃないか」

「みんな、そう思っていた。ただ、群秋生ひとりが、違うと言った。そのくせ、意味は教えてくれない。忍さんの彼女で、シャンソン歌手がいてな。スペルを言ったら、それは母という意味なんだそうだ。発音は、ほとんど同じらしい」

「母か」

「群先生ひとりが、しばらくは喜んでたってわけさ。人が悪いからな」

「群秋生の船よりは、いい名だ」

「この船は、『カリーナ』。イタリア語で、かわいいっていう意味でな。それも、群先生にばれちまった。ハーバーじゃ、みんな吹き出していたよ」

近づいてきた。母なる『ラ・メール』。クルーが二人、接舷《せつげん》に備えていた。

「野中、操船を交替しろ」

若月が言うと、若造がフライブリッジに昇ってきた。

フェンダーを挟んであっさりと接舷し、私は『ラ・メール』のアフトデッキから出された梯子《はしご》にとりついた。さすがに、『ラ・メール』は、ほとんど揺れていない。若月も一緒に乗り移ってきて、『カリーナ』はすぐに走り去った。

二層目に昇り、居間のような部屋に入った。

久納義正が、ひとりで座っていた。いい匂《にお》いがしている。葉巻だった。

「座れ」

久納義正は、自分の前の椅子《いす》を指さし、私に言った。

腰を降ろすと、いきなり躰の割りに太い指がのびてきて、眼蓋《まぶた》を裏返しにした。久納義正の眼が、私の目を覗《のぞ》きこんでくる。なんのつもりだ、と言おうとして、私は口を噤《つぐ》んだ。久納義正の眼が、はっとするほど悲しげだったからだ。

忍が入ってきて、腕を組み、私を見つめた。久納義正は、私の脈を取っている。かなり長い時間だった。

「まるで、医者ですね。こんなことで、なにがわかるんです？」

「おまえの肚の中が、よくわかる。まあ、心臓は丈夫そうだ。おまえが打たれたのは、バルビタール系の薬と、メタンフェタミンを混合させた代物でな。つまり、覚醒剤と睡眠剤の強力なのを一緒に打たれたと思えばいい。相反する作用で、打たれた人間は混乱する。引き裂かれるのだな」

「医者ですか、久納さん」

「なら、もっとましなことを言うさ。時々、おかしな気分になるかもしれんが、それもあと半日ぐらいのものだ」

「俺が、どんな薬を打たれたのか、なぜわかるんですか？」

「波崎から、連絡が入ってるんだよ、木野。現場を、徹底的に嗅《か》ぎ回っているからな」

忍が口を挟んだ。

「すぐに助けられなくて、悪かった」

それだけ言い、久納義正は葉巻の煙を吐きながら出ていった。

「会長は、昔、医者だったことがある。海軍の軍医だったのさ。俺は、とんでもなく優秀な医者だと思ってるが」

「軍医ね」

「瀬名島の近くの海域で、乗っていた重巡が撃沈された。会長が生き延びたのは、幸運ってやつだ。その幸運を会長はいまも恥じてるがね」

「いま、水村は？」

「わからん。おまえのことを知らせてきたきり、連絡はない」

「連絡を待とうって気が、あるんですか、あんたらに」

「あるよ。いまはただ、待ち続けているだけだが」

「水村ねえ」

「山南と、差しでやり合えるのは、あの男ぐらいのもんだ」

「いまごろ、屍体かもしれない」

「人は、そう簡単には、死なないものだ」

「小山裕は、簡単に死にましたよ」

「らしいな」

「それだけですか?」

「悪いか?」

「訊いただけですよ」

船は動いていた。

私は煙草に火をつけた。渡され、そのままポケットに突っこんでいた、若月のキャメルだ。忍も、煙草に火をつけていた。

24 縫合

一時間ほど、同じところを旋回していた。

遠くに見える街の位置で、私はそう判断した。不意に睡魔に襲われたりしたが、気分が悪くなることはもうなかった。

「ブリッジへ行って待とうか」

若月が言った。忍は動く気がないらしく、ソファで腕を組んでじっとしている。

私は腰をあげた。ダイニングを通り、階段をあがった。ドア一枚でブリッジだった。クルーのひとりが操船し、久納義正はチャートテーブルの脇の椅子にいた。相変らず、葉巻の匂いを漂わせている。

「水に浮いてるみたいだな、あの街は。海から見ると、いまにも沈んじまいそうな気がする」

実際、あの街は海上からそんなふうに見えた。ホテルやコンドミニアムが林立していて、その背後は山である。

「昔は、違った。這《は》いつくばったようだったが、ちゃんと地に足をつけていた」

呟くように、久納義正が言った。

二つのレーダーが作動し、陸岸や周辺の海域を映し出している。

「ハーバーからは、何隻か船が出ているな」

レーダーの画像を指さしながら、若月が言う。久納義正は、濃い煙を一度吐いただけだった。

「なんだって、山南はドラッグなんかにこだわったんだ。惚れた女がやっていることと言ったって、自分だって人殺しだろう」

「あいつは、薔薇作りさ。薔薇作りの眼から見て、須田美知代を止めようとした。殺し屋だというのは、たまたまそうだったというに過ぎない」

「そんな理屈が、通るのか、ソルティ？」

「通るさ。山南は、それを通すつもりだ」

「須田美知代は？」

「山南が、自分に惚れていることぐらい、気づいているかもしれん。とにかく、便利な薔薇作りさ。ドラッグがどうのと気づかなけりゃ、もっと便利だっただろう」

「山南は、自分が作った薔薇を汚された、と思ったんじゃないのか？」

「違う。一途《いちず》に、美知代さんに惚れてるだけさ」

「じゃ、須田美知代が、山南を適当に利用してただけで、二人の間にはほんとうになにもなかったのか」

「ないね」

「ガキみたいな惚れ方をするな、山南は」

「男ってのは、そうだろう。俺は、できなくなってる。多分、おまえもな。山南には、それができる。迷いもせず、命を放り出せるんだ」

「しかし、なんで須田美知代なんだ。利用されてるだけだろう」

「似てるのさ」

「どこが？」

「美知代さんは、一途に須田光二に惚れてる。いいか、惚れてたんじゃない。惚れてるんだ。死んだあともだぜ。だから、あの街がキラキラしてるのを、見たくないのさ」

男と女とは、そんなものなのか。私は、亜希子にほんとうに惚れていたのか。いまさら考えても、どうなるものでもなかった。

「山南がつけ入る隙《すき》はなしか」

「つけ入る気もないだろうよ。須田光二という男を、一途に思い続けている美知代さんが、好きなんだからな。その一途さを毀そうなんて、はなから考えちゃいない」

「はじめから、不毛か」

「若造、静かにしていろ」

久納義正が、短く言った。私は口を噤んだ。山南の気持というやつは、どう説明されてもわからないという気がした。

「俺が、山南を殺す。殺して、楽にしてやる」

「仇を討つんじゃなかったのか、義弟の？」

「それも、同時にできる」

「さっきと、ずいぶん言ってることが違うぜ、木野。いまじゃ、まるで友情のためにそうしてやるって感じにしか聞えん」

「うるさい」

久納義正の声。

私は、やはり山南を殺そうと考えていた。生きていても、どうしようもないということを、山南はやっている。そして、裕を私の眼の前で殺した。

心の中に、憎悪を捜そうとしたが、見つからなかった。

電話が鳴った。それはチャートテーブルのそばにあり、一度のコールで久納義正がとった。しばらく、短い返事を続けた。それから、電話を切った。

久納義正は、受話器に手を置いたまま、じっとしている。

「なにがありました？」

「黙ってろ。いま考えている」

私は口を噤み、次の言葉を待った。

「二百十度。フル・アヘッド」

久納義正が、言って立ちあがった。船に、いきなり加速がかかってきた。久納義正が、レーダーを覗きこんでいる。

しばらくして、忍が入ってきた。

「順番が、逆になっておるぞ、信行」

「そうですか。じゃ、山南は、物《ぶつ》を隠したところへむかってるってことですか？」

「間違いない」

「どうして、そんなことが言えるんです。いまの電話、水村からですか？」

言った私の方へ、久納義正は悲しげな視線をむけてきた。

「追っているボートは、黒沢ともうひとりが乗っている」

「つまり、須田美知代ですか？」

「そういうことだ。二隻のボートを、さらに水村が追っている。しかし、怪我《けが》をしたようだ、水村は。脇腹と言っておった」

「山南の、ナイフですな」

忍が、レーダーの画像を覗きこむ。

「水村は、無理をしますよ、会長。先に収容した方がいい、と思います」

「そのつもりで、走っておる。しかし、まずい方へむかっているな」

「そうですね。岩礁ばかりの海域だ」

私も、忍のそばに立ってレーダーを覗きこんだ。船影が三つ、一直線に並んでいた。三つ目だけが、かなり遅れている。

忍が、キーを何度か操作した。

この針路のままでは、二十分後に三隻目のボートに追いつく。それが、画像の下に表示された。

「この先に、岩礁が？」

「ああ、鳥の巣みたいな小さな島があって、四キロ四方にわたって岩礁や暗礁がのびている。この時間じゃ、洗岩《せんがん》も見えないいな」

「熱帯の島のリーフですね、まるで」

「まったくだ。この船じゃ近づけない海域だよ。この船どころか、漁船でも無理だろう。この画像じゃ、せいぜい十六、七フィートのボートだと思うが、それでもよく知らなきゃ危険きわまりないな」

「とにかく、水村の収容ですか」

「そういうことだ」

「その後は？」

「どうしたもんかな」

「この船のテンダーは？」

「二十一フィートのオープンタイプのシーレイと、十七フィートのボストンホエラー・モントークのはずだ」

「モントークは、トリマラン構造の船体《ハル》ですよね。その分、吃水《きっすい》も浅い」

「おい、なに考えてるんだ、木野？」

おまけに、船外機だ。なにかあれば、水上までスクリューはあげられる。

「得意なんですよ、暗礁を読みながら走るのが。瀬名島の海域で鳴らしてますんでね。モントークだったら、俺はその暗礁の中にも入る自信があります」

「しかしな、木野」

「この船じゃ、暗礁地帯は指をくわえて見ているだけでしょう。なにが起きたって、近づけるわけがない。俺は、山南が物《ぶつ》をその暗礁の海域のどこかに隠している、と思っているんですがね」

「どうして、わかる？」

「レーダーの船影は、二隻がぴったりと付いている。これは、山南のボートが、黒沢を先導しているとしか思えない。水村のボートは、離されてます。三、四ノット、速度が違う。それに、黒沢のボートには、須田美知代も乗ってる」

「しかし、あんな暗礁地帯に、物を隠せるかな？」

「アンカーか、それに代るものを打って、フロートをつけて浮かべておく。もともと、海上に浮いていたものですからね」

「そんな作業ができるかな、あんな海域で」

「山南ですからね」

あの男は、はじめはドラッグの元栓を締めるだけのつもりだったのか。それとも、黒沢をあの街に引きつけてから潰《つぶ》す、ということを考えていたのか。

いまわかっているのは、いままで表に出ていなかった、須田美知代までが出ているということだ。

「信行」

久納義正が前方に眼をやったまま言った。

「モントークを降ろす準備をさせろ。ガソリンは、発電機の予備のものがある」

「そうですか。わかりました」

「若造二人を、行かせよう」

「わかりました」

「俺は、あの海域に入ったことはありませんよ」

若月が、私の方を見た。

「熱帯の、リーフの海を走り回っている、木野の勘に賭けるしかないな、ソルティ」

「木野の腕が、俺にははっきりわかりません」

船乗りらしい言い方だった。自分の腕だけ信用する、ということだろう。

「いい腕だ。群先生は、そう言ってた」

「そうですか。わかりました。俺も肚を決めて、舵輪《ラット》は木野に任せます。テンダーを降ろす準備をしておきますから」

若月が、ブリッジから出ていった。

前方の海面に、水村のボートが視認できるようになった。反転して、水村はこちらへむかってくる。先行する二隻の船影は、レーダーが捕捉《ほそく》していた。

「よし、水村には、スタンからつけさせろ。誰かを乗り移らせるんだ」

久納義正が、トランシーバーで命令を出しはじめる。クルーが、四人船尾に集まっていた。

水村のボートが近づいてくる。途中でスピードを落とし、船尾をこちらへむけた。船外機の付いた、小さなボートだ。大して波立っていない海面でも、かなり揺れている。

水村は、舵棒《かじぼう》を握って立っていた。さらに近づいてくる。

クルーのひとりが、跳び移った。船尾の梯子にぶらさがっていたようだ。ボートが引き寄せられ、ブリッジからは見えなくなった。

水村を収容した、とトランシーバーが伝えてきた。

「よし、ボートをあげて、モントークを降ろせ」

久納義正は、それだけ言い、下へ降りていった。

リビングに、潮で濡れた水村が運びこまれていた。脇腹のところに、血が滲んでいる。

久納が、鋏《はさみ》でシャツを切って傷を覗きこんだ。

「大丈夫だ。内臓に達していない。縫って出血を止める。日ごろ、鍛えているからな。きわどいところだった」

「申し訳ありません、会長。山南のナイフは、どこから出てくるのか、よく見えないんです。油断していたわけじゃなく」

「わかっている。あとは、若造どもに任せる。美知代は、人質という恰好なのか？」

「わかりません。両船が、携帯電話で連絡し合っていることは、確かなんですが」

船が、再びスピードをあげた。追えるところまでは、この船で追った方がいい。

久納は、老眼鏡らしい眼鏡をかけ、水村の傷を縫った。鮮やかな手際だった。

「点滴をしたいところだが、仕方がない。安静にしていろ」

「申し訳ありません、会長に傷を縫わせたりして」

「いい。気にするな」

しばらく、全速で走っていた。

それから、船速が落ちた。モントークが降ろされているようだ。

私は、後甲板に出ていった。

25　座礁

操作性も、凌波性《りょうはせい》もいいボートだった。そして、安定もいい。私のサバニとは、大違いだ。

「二隻とも、突っこんでいった」

船首から振り返り、若月が言った。それでも、二隻ともスピードは大きく落とした。

「突っこみ方を見ていると、山南はこの海域にかなり詳しいと思う」

「そうだな。やつは、小さなボートを借りて、ひとりで釣りをするのが好きだった。この海域には、魚は多いだろうし」

岩が近づいてきた。そのむこうは、暗礁が牙《きば》を剝《む》く海域である。私はスロットルを戻し、減速した。急ぎたい気持は、抑えた。暗礁に触れれば、そのまま遭難ということになる。この海域だと、『ラ・メール』からの救助も困難なものになる。

私は、前方十メートルほどの海面を、凝視していた。デッドスローである。この速度なら、十メートル先の暗礁はかわせる。

「見えるか、やつら？」

「岩のかげだ。方向は、これでいい。俺が見ているから、あんまりむこうの船に気を取られるなよ、木野」

「わかっている」

ほかの海面より、かえって波が立っていた。暗礁が、海面近くの海水をかき回すのだ。私は、張りつめていた。海面のわずかな変化、色の違い、それだけに神経を集中した。暗礁。右へ避ける。それから、思い切り左へ回す。どこが通れるか。五、六メートル先はわかっても、百メートル先は、勘に頼るしかない。海面を見渡して、瞬間的に勘を働かせる。それで、リーフの多い瀬名島の海域も、庭のように走れるようになった。三年の間、サバニの底を擦《こす》ったことは一度もない。自分の勘を信じることだった。

全身に、汗が滲みはじめている。陽の光が、眩《まぶ》しいほどだった。梅雨の間の、わずかな晴れ間。照り返しが強いので、角度によっては曇った日よりも海面下は見にくい。

「ぶつかるぞ」

若月が叫んだ。暗礁と暗礁の間。わずかだが、通れる隙間はある、と私は判断していた。そこを通り抜けると、多分、二百メートルほどはなにもない。

「木野、なにをやってる。ぶつかるぞ」

若月が、叫んだ。私は、直進を続けた。暗礁。隙間。二メートル、あるかないか。眼を見開いていた。抜けた。若月の吐く息が、はっきりと耳に届いた。

「運がよかったのか。それとも」

「見切った。俺を信じろ、ソルティ。ヒステリーの女みたいに喚《わめ》いて、俺の集中力を乱すな。わかったな?」

「ヒステリー女だと。これが終ったら、おまえと結着《けり》をつけてやる。這いつくばらせてやるから、覚悟していろ」

私は、少しスロットルを開いていた。舳先《へさき》が、波を蹴立てる。若月は、私の視界を塞《ふさ》がないように、姿勢を低くして前方を見つめていた。二隻。見える。五百メートルほど先というところか。

再び、暗礁が襲ってきた。

私は、眼に流れ込んでくる汗を、左手の甲で拭いながら、舵輪を操作した。五メートル先の暗礁をかわす。すぐに、別の暗礁が行手を塞いでくる。右に左に、船首はめまぐるしく振れた。前方の二隻。何事もなく、この海域を五百メートル先まで走っているのだ。こちらも、通れないはずはない。

「見ろ」

二隻が、並んでいた。ほとんど舷を接している。見ろ、ともう一度叫びながら、若月は前方を指さした。

私は、眼の前の暗礁をかわすので、精一杯だった。執拗《しつよう》に、暗礁は続いている。かつては、この海域一帯は島だったに違いない。そうも思えた。手をのばせば届きそうな海面に、岩が突き出していた。

息を詰める。吐く。かわす。また、暗礁。全身が、水を浴びたように汗で濡れていた。しばらく前進しては、後進で行足《ゆきあし》を止める。それをくり返した。

二隻が、さらに近づいてきた。舷を接している感じだが、二、三メートルは離れているのかもしれない。お互いの表情は、はっきりと見てとれる距離だろう。

前方が、暗礁で塞がれた。どこかに、通れる隙間がある。あるはずだ。懸命に捜したが、見つけられない。満潮なら、なんとかなるという場所はあった。しかし、まだ満潮まではかなり時間がある。

右手の、岩。二つ並んだように突き出していて、時々、ぶつかった波が小さな飛沫《しぶき》をあげている。その手前、二メートル。見えた。そこに、隙間がある。多分、水深は一メートルに満たないだろう。しかし、そこを流れている海水は、乱れがなかった。通れる。そう思った時は、もう舳先をむけていた。弾かれたように、若月が振り返る。

乗り入れた。流れは強い。一瞬、船体が持ちあげられたようになった。しかし、底は擦れていない。ペラを打ってもいない。

「通った」

若月が、声をあげた。

二隻との距離が、ぐんと縮まった。山南がなにをしているのか、はっきり見えた。水に浮いた、黄色いブイのようなものを、ボートフックで引き寄せている。黄色いブイは残して、そこに縛りつけてあったものだけ、素速く回収したようだ。

二隻が、動きはじめた。暗礁が散在する海域を、早く抜けようというのだろう。私は、少しボートを加速した。距離が、さらに縮まった。暗礁に注意すると同時に、二隻の動きもしっかり見ていた。

先導するように進んでいる山南のボートが、いくらかスピードをあげた。二隻とも、こういうところでは走りにくい、ランナバウトだ。追いつくだけなら、こちらの方が有利だった。さらに、距離を縮めた。黒沢が、何度もこちらを振り返っているのが見えた。山南のボートは、船外機が二基だった。なにもない海面に出れば、飛ぶように走るだろう。

山南のボートの引き波が、一瞬違ったかたちになった。その場で、方向を変えた。二基のエンジンなら、それができる。片方を前進に、もう片方を後進にすれば、その場で回頭する。黒沢のボート。エンジンは一基。舵輪の操作で、同じように回頭はできるはずだ。しかし、後進の使い方だった。

車がカーブを曲がるように、黒沢のボートは曲がった。外にふくらむ。ボートが揺れるのが、私のところからもわかった。多分、船底の横の方を擦っている。浸水もするかもしれない。二隻が、速度をあげた。黒沢のボートが傾きはじめる。確かに浸水している。

モントークも、急なコーナーにさしかかった。舳先で腹這いになっている若月が、私が暗礁にむかって直進していくので、両手で頭を抱えた。

寸前で、後進に入れる。回転をあげる。同時に、舵輪を逆に切る。ボートの方向が変った。後ろ。水の中の暗礁。一メートル。五十センチ。前進、回転をあげる。きわどいところで、ペラは岩を打たず、ボートは急角度で曲がって進みはじめた。

「まったく、心臓が口から飛び出しそうになったぜ」

前方を見て言いながら、若月が弾かれたように腹這いの姿勢から身を起こした。

黒沢のボートが、暗礁に乗りあげている。浸水して、舵も利きにくくなったのだろう。山南のボートが、一直線に後進で戻り、舳先を黒沢のボートに近づけた。黒沢が、手をのばしている。ボートの中で、須田美知代も立ちあがっていた。完全に舳先が岩を嚙《か》んでいるようで、立ちあがってもボートは安定を崩していなかった。

山南のボートの舳先に手をかけた黒沢が、躰を持ちあげ、乗りこんだ。舳先から、黒沢が美知代に手をのばしている。美知代も、手をのばしながら近づく。

その時、山南のボートは後退した。すぐに、手が届く距離ではなくなった。

山南は、私の方を見ていた。舵輪を回しながらも、私と合った眼をそらそうとしていない。黒沢が、なにか叫んだ。

山南のボートは方向を変え、かなりの速さで暗礁を縫って走り去った。山南は、この海域を熟知しているようだ。

須田美知代が、ボートの後部に座りこんでいた。

「美知代さんを、先に助けるぞ、木野」

私は頷いた。山南は、私のボートが美知代を拾いあげると判断した。いや、拾いあげてくれと、私に眼で頼んでいた。

どういうつもりなのか。なにをやろうというのか。

考えがまとまる前に、モントークは座礁したボートの後部に近づいた。モントークの舳先は、切り落としたように四角い感じになっている。しかも低いので、ランナバウトなどより、ずっと乗り移りやすい。安全のために、山南は美知代を残していったのか、と一瞬考えた。しかし、違う。絶対に違う。山南は、なにか別のことをやろうとしている。

「美知代さん、こっち」

若月が叫んでいた。

「早く、こっちへ乗り移ってくれ。立つんだよ」

須田美知代は、動かない。座りこみ、両手で顔を押さえてじっとしている。

「なんだよ。どうしたんだよ?」

「駄目だ、ソルティ。おまえがまずむこうに乗り移れ。彼女は、自分の意志で動こうって気はない」

「あっちへ行ってよ。来ないで」

顔をあげ、美知代が叫ぶように言う。助けてくれという素ぶりは、まるでない。白いブラウスに、白いジーンズ。髪は後ろでしっかりと縛っている。化粧っ気のない顔が、私たちを睨《にら》みつけていた。

かすかに、若月が舌打ちするのが聞えた。次の瞬間、若月は美知代の方へ跳び移った。立ちあがった美知代が、首を大きく振って抵抗しようとした。躰を寄せた若月の掌《てのひら》が、美知代の鳩尾《みぞおち》に食いこむのが見えた。白眼を剥いて倒れかかる美知代の躰を、若月は素速く肩に担ぎあげた。

ぎりぎりまで、私はモントークの舳先を近づけた。片手でバウレールを握り、若月は乗り移ってきた。センターコンソールの前の座席に、美知代を座らせる。

後進をかけて方向転換し、私は山南を追いはじめた。山南が走り去ったルートは頭に入っているが、やはりデッドスローでしか進めなかった。もどかしいほどだが、この海域を抜けるまでは、スピードをあげれば必ず暗礁に捕まる。

美知代は、首をぐったりさせたまま、身動きひとつしなかった。額から鼻梁《びりょう》にかけての線が、端正だがどこか淋《さび》しげな女だ。三十四、五というところなのか。

いつまでも、見つめているわけにはいかなかった。暗礁をかわすことに、私は集中しはじめた。山南は、すでにかなり遠くなっている。

陽射しが強かった。もう夕方になっていて、光線は斜めだった。照り返しで、海面がひどく見にくい。太陽を背にできたら、いくらかはましなのだが、まともに太陽にむかうという方向だった。

手の甲で、私は眼に流れ込んでくる汗を拭った。

若月が、美知代の胸の下に両手を当て、軽く押した。腹活というやつだろう。美知代は、息を吹き返したようだった。

「じっとしてろ」

若月が言っている。

「あんたは、ただ見ていればいい。山南がどういうことをするのか、その眼で、しっかりと見ていてやれよ」

「どうしようというのよ。山南さんに、なにができるというのよ？」

「見てりゃわかる」

「あの街を、なんでみんな御大層なものだと思うの。つまらない街よ。消えちまった方がいい街よ」

「それでも、街はあるんだ」

私には、二人の方を見る余裕はなかった。美知代が、どういう顔で喋っているかも、わからなかった。

「黒沢だけ乗せて、山南は行ったな」

「もともと、黒沢さんのものでしょう、山南さんが持っていた荷物は」

「ドラッグを扱うのをやめろ、と山南はあんたに言ったことはなかったのか？」

「ないわよ」

「そういう男だよな、あいつ。だけど、あんたは山南がそう思っていることは、わかってただろう。山南があんたに惚れてるってことも」

「だからどうだっていうの。あたしは、山南さんの畠《はたけ》から、薔薇を仕入れてただけよ」

「眼をつぶらないでくれよ、美知代さん。確かに、須田さんが死んだのは、あの街のせいだ。俺たちの責任でもある。だからって、ほかの者を殺していいってことにゃならん」

「なによ。誰が死んだのよ?」

「小山裕」

「小山君?」

「山南に、殺された」

「嘘《うそ》よ」

「こんな時、俺が嘘を言う男じゃないことぐらい、あんたにもわかっているだろう。あんたは、山南がやることを、ただ見ていなくちゃならない。その義務はある」

「小山君が、死んだなんて」

「山南が、なにをするか。それが、あんたにむけたやつのメッセージさ。だから、それを受け取る義務はあるんだ」

「やめて、やめてよ」

「いや、これだけは、やめられない。山南のために、俺はやめない」

岩と岩の間。抜けられる。熱帯の島のリーフとはまるで違うが、海面の変化を見ることだけは、私は習熟していた。

四十分ほどで、ようやく暗礁の海域を抜けた。遥《はる》か前方に、山南のボートが点のようになって見えた。

私は、スロットルを全開にした。

風が吹きつけてくる。船体が跳ね続ける。

山南は、二百度の針路で、ほぼ真南にむかって走っていた。思ったほど、スピードは出ていないようだ。

若月が、携帯電話を出した。かかってきたものらしい。イヤホンとマイクがついたコードが接続されている。なにか喋っているが、風が声を吹き飛ばして、よく聞えなかった。

「後方八マイルに、『ラ・メール』がいる。全速で追っているそうだ。追いついたら、収容すると言ってる。レーダーで、二隻しか捕捉できないので、爺さんは心配したらしい。いまの速度だと、俺たちは三十分足らずで山南に追いつくそうだ。とにかく、追いついて時間を稼げ、と爺さんは言ってる」

頷いたが、私は納得したわけではなかった。山南のランナバウトは、九十馬力二基の船外機だった。それにしては、遅すぎるのだ。スピードをあげられない海況ではなく、ほとんど平水《へいすい》のように波はない。梅雨期独得の海だった。

山南は、私に追いつかせようとしている。いや、私なのか。美知代に、追いつかせようとしているのではないのか。

追いついてみれば、わかることだった。私は煙草をくわえ、センターコンソールの風防のかげで火をつけた。風の中で喫《す》う煙草には、なぜか味がない。それでも、ひとしきり喫い続けた。

山南のボートが、近づいてきた。操縦している山南と、後部座席にいる黒沢の姿が、はっきりと捉《とら》えられる。引き波を見たかぎりでは、全開には程遠いと思えた。

並走する恰好になった。

後部座席の黒沢。ぐったりとしていた。いや、すでに人形のようだった。夕方の光線に照らされた顔の色は、生きたものではなかった。

若月と美知代も、黒沢が生きていないことを、はっきりと見てとったようだった。

「いやっ」

かすれたような悲鳴を、美知代があげた。

「見ろよ。ちゃんと見ろ。山南が、あんたのためにやったことを、しっかり見るんだ」

「いやよ、いやっ」

山南は、こちらを見ていた。私は、少しずつ船を寄せた。お互いの距離が、十五、六メートルになった。顔の表情も、はっきりとわかる。山南と眼が合った。一度だけ、にやりと山南が笑った。

「待てよ」

届かないとわかっていても、私は声に出して叫んでいた。

不意に、エンジン音が大きくなり、山南のボートが加速した。私も全開にしたが、追い波に蹴散らされただけだった。見る間に、山南のボートが遠ざかっていく。全開で追い続けた。はじめは航跡を辿《たど》ることもできたが、やがてそれもなくなった。再び点のようになった山南のボートが、視界から消えそうになる。

ホーンが鳴った。すぐ後ろまで、『ラ・メール』が追いついてきていた。すでに薄闇である。私は、『ラ・メール』の後部に船を回した。

26 薔薇《ばら》園

久納義正も忍も、ブリッジにいた。

須田美知代には、若月がついている。リビングで、美知代は放心していた。

「よく、あの海域が脱《ぬ》けられたな、木野」

久納義正は、私の名をはじめて呼んだ。

「さすがに、瀬名島の海域で鳴らしただけのことはある」

「追いつけますか？」

「少し荒れてくれれば、三十分で追いつける。いまいましいぐらいの凪《なぎ》だ」

荒れていれば、波にあおられて、小型ボートはスピードが出せない。これぐらいの波だと、全開で海面を滑るように走る。船体が跳ねることも、あまりないだろう。

「黒沢は、もう死んでます」

「そうだろうな」

「山南は、ずっと二百度で走ってますが、先には、なにもありませんよ」

「わかってる」

私は、うつむくしかなかった。

「おまえ、なにか食ってこい。そろそろ、薬の影響もなくなっただろう」

「忘れてました」

「食欲は、まだないか？」

「わかりません。きのうから、いろんなことがありすぎましたから」

「なあ、若造。これを見てみろ。山南が、どんなふうに走っているかの、軌跡だ」

レーダースクリーンの前に立ち、久納義正が言った。また若造に逆戻りだった。

「二百度で、南へ。おまえが言った通り、なにもない。なにひとつだ。山南は、おまえより三つ四つ上というところだろう。そんな若さで、ただ無にむかって走れるのか？」

無という意味が、死だとは思いたくなかった。

「なぜだ。あの街が、山南という男も狂わせたのか？」

「山南は、狂ってはいません」

ブリッジに若月が入ってきた。

「狂ってなくて、なぜ走れる？」

「走るべきだ、と山南が考えているからでしょう」

「若造に、それがわかるのか？」

「なんとなく。なんとなく、そう感じるだけなんですが」

「俺には、わからん。なぜなんだ。なぜ、無にむかって走る。おまえらには、生きようという執念すらもないのか？」

「あっても、それを超えるなにかが、多分山南にはあるんです」

「馬鹿げているな」

「そうですね」

「そういう馬鹿が、俺はどうしても嫌いになれん。光二とも似ている。そうは思わんか、信行？」

「悲しいぐらい、似てますよ」

「もっと、速度は出せんのか？」

久納義正が、いきなり怒鳴り声をあげた。全開です、と操船しているクルーが叫んだ。

ブリッジの中はもう暗く、久納義正の表情はよく見えなかった。

「ソルティ、美知代はどうしてる？」

「水村が、ついてます、忍さん」

「そうか、おまえより、水村の方が美知代は安心できるだろう」

「美知代さんと一緒に死のうって気なんか、山南にははなからなかったと思います」

「会長も、それはわかっておられる。だから、美知代のことは心配していなかった」

「山南は、男ですよ」

「言うな、もう。男が、なんだ。光二も、男だってことにこだわって死んだ」

久納義正の声は低かったが、威圧するような響きがあった。

光二というのは、須田のことだろう、と私はぼんやり考えていた。須田光二というフルネームは何度か聞いたが、光二とだけ言われると、まだどこかで生きている男のことを、語られているような気がする。

「俺は、長生きをしすぎたな、信行」

「待ってくださいよ、会長」

「あの街を、このままにしては、死ねんという気もする」

「そのあたり、少し考え直してください。やりようによっちゃ、いやな街じゃなくなります」

「いや、そんなことはあるまいよ。欲と愚かさばかりで作られた街だ」

私は、青い光を放つレーダースクリーンに眼をやった。わずかずつだが、山南との距離は開いていた。暗くなっても、山南は全開で走り続けているのだろう。

「どんなに遠くても、たかがランナバウトだ。いずれメインもサブも、燃料タンクは空になる」

呟くように、忍が言った。すでに、陸岸から二百キロ近く離れているようだ。

私は下のダイニングに降りた。そこには、明りがあった。隣のリビングにも明りがあり、水村と美知代が並んで座っていた。

冷蔵庫にあったサンドイッチを出し、ラム酒で流しこんだ。それから、テーブルの箱の中にあった葉巻を一本取り、吸口を歯で食いちぎって火をつけた。

「いい腕だ。あの海域を、一度も底を擦らずに通り抜けた」

若月が降りてきて言った。

「俺だったら、立往生したと思う」

「運を天に任せただけさ」

「そうなんだろうな。任せる度胸があったってことだ」

私は、葉巻の煙を吐いた。若月がグラスに半分ほどラム酒を注ぎ、ひと息で飲み干した。

「おまえ、山南を殺すと言っていたよな」

「忘れたな。まだ薬が効いていたんだろう。忘れちまった」

「なら、いい」

船は、ほとんど揺れていなかった。荒れる気配は、まったくないということだろう。山南は、さらに先へ行っている。

無にむかって走っていく。久納義正が言ったことを、私は思い返していた。無にむかって走ったことなど、私にはない。東京を捨て、阿加島に行っても、そこにはそこの生活があった。魚もいたし、人もいた。

「いやだな」

「なにが？」

若月は、またグラスにラム酒を注いでいた。

「自分がだ」

「俺もだよ、木野。山南を、しばしば思い出すことになる、という気がしている」

「ナイフ遣いの殺し屋か」

「そして、薔薇作り」

「薔薇だけでも、作り続けてくれりゃよかった」

「そろそろ、やつは薔薇の蕾《つぼみ》を摘む時季だな。夏の間、花は咲かせない。色が悪くなるからってな」

それきり、私も若月もなにも喋らなかった。

眠いはずだが、うとうとともしなかった。ブリッジへも、行かなかった。レーダースクリーンで、山南がさらに距離を開いていくのを確認することにしかならない。

午前四時を回ったころ、私はようやくブリッジに行った。そろそろ、明るくなってくる時刻だ。

レーダースクリーンには、山南のボートがはっきりと映し出されていた。やはり、二百度。自動操舵などはつけているはずもないから、山南はずっと舵輪を握り続けているということか。舵輪を固定すれば、潮流などで徐々に方向が変る。

私は、前方の暗い海面に眼をやった。暗いが、まったくの闇ではない。しばらくすると、海と空の区別もつくようになった。

「方向を変えたぞ。いや、違う。なにかおかしい」

忍が言ったのは、すっかり明るくなったころだ。すでに陸岸から三百キロは超えている。私と若月は、レーダースクリーンを覗きこんだ。いやな気がした。山南のボートが、不安定に方向を変えている。速度も落ちた。

「燃料が切れたな、多分」

忍が言う。久納義正は、腕を組んで腰を降ろしたまま、口を開こうともしなかった。

「二十分だ。二十分で、追いつける」

山南のボートが、止まった。私は、もうレーダーを見ようとは思わなかった。

十五分で、山南のボートに追いついた。二十分というのは、まだボートが動いていた時の話で、止まってからは、忍もなにも言わなかった。

流れているボート上に、人の姿はなかった。初夏の光が、シートの白い色を照らし出し
ているだけだった。

あらかじめ決まっていたことを、私は見ているような気分になった。

若いクルーが二人、ボートに乗り移った。私はそれを、ブリッジから見ていた。若月も、
そばに立っている。

久納義正と忍は、ちらりとボートに眼をくれただけで、あとは腰を降ろして見ようとも
しなかった。

「船上に、なにもありません。燃料タンクも空です」

クルーが報告に来た。

「ボートは吊《つ》りあげておけ。反転する。三十度、巡航速度で戻れ」

クルーが復唱した。久納義正は、疲れきったように眼を閉じた。

水村と美知代が、ブリッジに入ってきた。

「見たな、美知代」

美知代は、掌で顔を覆っていた。

「なにも、起きなかった。俺は、航海中に無人のボートを一隻拾った。それだけのことだ。

わかったな」

「あたしは、このままでは」

「おまえは、やらなければならんことがある。山南の薔薇園の世話をするやつがおらん。おまえがやるしかないだろう。自分で薔薇を作って、自分の店で売れ」

「できません、そんなことは」

「できる。やるしかないんだ。薔薇が立ち枯れていくのを、おまえは黙って見ている気なのか？」

久納義正の口調は沈んでいて、いくらか憂鬱そうだった。

「そんなことが、許されるんですか？」

「逆に、おまえにはつらいことだ。それは、俺にはわかっている。しかし、それをやるしかないな」

「薔薇園を」

「そうだ。山南の作る薔薇は、いつもいい色をしていた。それだけのものが作れたら、俺に届けろ」

久納義正は、もう美知代の方を見てはいなかった。なにも見ていないような感じがした。美知代の肩を抱いて、水村がブリッジから出ていった。

「遭難事故として、海保には報告しますか、会長？」

「あとは、おまえの判断でやれ、信行」

「わかりました」

「人間というやつは」

「なんですか？」

「なんでもない。俺は、しばらく眠る。姫島の近くまで、誰も部屋に入れるな」

「ゆっくり、休んでください」

「眠るだけだ。眼は醒《さ》める。休めるものか」

久納義正が立ちあがった。背中がいくらか丸くなっていて、躰が縮んでしまったように見えた。私にも若月にも眼をくれず、久納義正はブリッジを出ていった。

忍が、クルーにいくつか指示を出した。

「なんだったんだ」

私は、声に出して呟いた。

「なんでもない。男は急いで死んでいく。それだけのことだ」

「死に急ぐか。そういうことだったのか、ソルティ？」

「そう思うしかないだろう、木野」

「山南が死んだ。そうは思いたくない。いまは、思いたくない」

「しかし、死んだよ」

「下へ行って、ラムでも飲まないか？」

「いいね」

「俺の分は、残しておけよ」

出ていこうとすると、忍の声が後ろから追ってきた。私は、ただ軽く手を振った。この船には、多分一ダースぐらいのラム酒はあるだろう。

リビングに、美知代の姿はなかった。

三つのグラスに、私はラム酒を注いだ。

「ひとつは、忍さんの分だよな、木野?」

「違う」

「よせよ、おい」

「置くだけ、置かせてくれ」

「恰好だけつけて、どうなるってんだ?」

「いまは、恰好しかつけられない」

私が言うと、若月はそれ以上なにも言わなかった。一杯目に口をつけた時には、船はもう動きはじめていた。

それから、どれぐらい飲んだのか。途中で忍が加わってきて、ラム酒の空瓶は四、五本転がった。いつの間にか、ソファで眠っていたようだ。

揺り起こされたのは、姫島が見えるようになった時だった。

ブリッジに行くと、久納義正が忍と喋っているところだった。

「ヘリコで、ホテル・カルタヘーナまで行く。俺とおまえとソルティだ。美知代のことは、しばらく水村に任せる、と会長は言われている」

「ヘリコプターね。ホテル・カルタヘーナにゃぴったりじゃないですか」

「皮肉か、木野？」

「まあね。俺はちょっと宿酔《ふつかよ》い気味で、つまり誰かに当たりたいってわけです」

「ソルティにでも、当たれ」

「そうですね」

私は、煙草に火をつけた。

「瀬名島へ帰るのか、木野？」

久納義正が言った。

「俺が住んでいるのは、阿加島です。まあ、瀬名群島ですけど」

「そんなことは、わかってる。ホテル『夕凪』の仕事もしているそうだな？」

「悪いホテルじゃないですよ。女社長ですが、なかなかいい女でしてね」

「そんなことは、訊いてない」

「高校生の息子がいるんですが、こいつがまた、結構骨があります」

「もういい」

久納義正は、顔面を紅潮させていた。なにか怒らせるようなことを言ったのかと思ったが、訊く前にブリッジを出ていった。

忍が苦笑している。

「なんだってんです、あの爺さん？」

「訊きたいことがあったのに、照れて訊きそびれた。それだけのことだ」

「俺に、なにを？」

「ホテル『夕凪』の社長は、野村可那子。息子は俊一。違うか？」

「その通りですよ」

「二人がどうしているか、爺さんは訊きたかったのさ」

「元気なもんですが、しかしなぜ？」

「群先生が、意地悪なことに教えない。爺さんも訊けずにいた。そこに、おまえだ。しかし、やっぱり訊けなかった。野村可那子は、かつて爺さんの恋人で、俊一は息子ってわけだ。おまえだから、教えてやることだが」

「たまげたな。しかし、人生ってやつも、捨てたもんじゃないな。そう思いませんか？」

「美知代も、そう思ってくれるといいが」

「薔薇園があります」

「そうか、薔薇園か」

「こうなると、俺は忍さんやソルティのことが心配になりますね」

「余計なお世話だ」

若月が入ってきた。

山南という名は、誰も口にしなかった。

ハルキ文庫

き3-37

いつか海《うみ》に消《き》え行《ゆ》く　ブラディ・ドール⑮

著者　北方謙三《きたかたけんぞう》

2019年1月18日第一刷発行

発行者　角川春樹

発行所　株式会社角川春樹事務所
〒102-0074 東京都千代田区九段南2-1-30 イタリア文化会館

電話　03(3263)5247(編集)
03(3263)5881(営業)

印刷・製本　中央精版印刷株式会社

フォーマット・デザイン　芦澤泰偉
表紙イラストレーション　門坂 流

ISBN978-4-7584-4224-4 C0193 ©2019 Kenzô Kitakata Printed in Japan
http://www.kadokawaharuki.co.jp/[営業]
fanmail@kadokawaharuki.co.jp[編集]　ご意見・ご感想をお寄せください。